해결하고 싶은 남자
공감받고 싶은 여자

해결하고 싶은 남자
공감받고 싶은 여자

펴낸날 2018년 1월 11일 1판 1쇄

지은이 나이토 요시히토
옮긴이 나지윤
펴낸이 강유균
교정·교열 이교숙, 김아름
경영지원 이안순
디자인 다빈치하우스, 플러스
마케팅 PAGE ONE 강용구
홍보 김범식

펴낸곳 리드리드출판(주)
출판등록 1978년 5월 15일(제 13-19호)
주소 경기도 고양시 일산서구 고양대로632번길 60, 405호(일산동, 대우이안)
전화 (02)719-1424
팩스 (02)719-1404
이메일 gangibook@naver.com
홈페이지 www.readlead.kr

ISBN 978-89-7277-317-7 03810

* 잘못된 책은 바꾸어 드립니다.
* 책값은 뒤표지에 있습니다.
* 자료출처 : 아이클릭아트, 픽사베이

이 도서의 국립중앙도서관 출판예정도서목록(CIP)은 서지정보유통지원시스템 홈페이지(http://seoji.nl.go.kr)와 국가자료공동목록시스템(http://www.nl.go.kr/kolisnet)에서
이용하실 수 있습니다.(CIP제어번호: CIP2017033381)

남자의 시선으로 바라본 여자 vs 여자의 시선으로 바라본 남자

해결하고 싶은 남자
공감받고 싶은 여자

나이토 요시히토 지음 · **나지윤** 옮김

너, 연애도 기술인 거 알고 있니?

'포옹 호르몬'이 분비되는 여자!
'착각'의 힘으로 여자에게 돌진하는 남자!

리드리드출판

남자들이여,
여자의 고민거리를 들어주고는
"그건 네가 잘못했어"라고
자신만만하게 조언한 적 없는가?

여자들이여,
남자에게 모처럼 고민을 털어놓고는
"물어본 내가 바보지"
"괜히 시간만 낭비했지 뭐야"라고
동성 친구 모임에서 투덜거린 적은 없는가?

남자는 해결하고 싶어 하고
여자는 공감받고 싶어 한다.
이 차이를 아는지 모르는지의 여부에 따라
이성과 기분 좋게 소통할 수 있는지가 결정된다.
다양한 상황에서 드러나는
남녀의 서로 다른 심리를 알아보자!

차례 Contents

1장 해결남 공감녀의 말투

2장 해결남 공감녀의 인간관계

3장 해결남 공감녀의 연애

4장 해결남 공감녀의 사고방식

프롤로그

남자와 여자는 사고방식, 취향, 행동 패턴 등이 하늘과 땅만큼 다르다. 인간이라는 하나의 종으로 보면 공통점이 많지만 남자와 여자로 나누면 신기할 만큼 차이점이 많다.

남자들이 모이면 "정말이지 여자들이란" 하며 이구동성으로 불만을 토로하고, 여자들 역시 "남자들은 대체 왜 그러는지 몰라"라며 험담을 늘어놓기 바쁘다.

이 책은 심리학에서 명확히 증명된 남녀 차이에 대한 연구결과를 소개한다. 남자가 어떻게 생각하고 행동하는지 관심 있는 여성 독자들, 여자 심리에 까막눈이라 지금껏 수많은 남녀 관계에서 실패를 거듭해온 남성 독자들에게 이 책을 권한다. 남녀의 속마음이 어떻게 다른지 미리 안다면 셀 수 없이 되풀이돼온 안타까운 엇갈림도 어느 정도 막을 수 있지 않을까?

똑같은 말이라도 남자와 여자가 받아들이는 의미는 전혀 다르다. '연애'라는 말을 듣고 여자가 제일 먼저 떠올리는 것은 '결혼' 혹은 '가족'이지만 남자는 오로지 '섹스'를 떠올린다.

여자가 "연애하고 싶다"라고 말할 때는 '결혼하고 싶다'는 의미가 다분히 포함된 반면 남자가 "연애하고 싶다"라고 말할 때는 '섹스하고 싶다'는 뜻이다.

대화를 나눌 때도 사뭇 다르다. 여자는 상대의 '얼굴'에 주목하지만 남자는 상대의 '말'에 주목한다. 여자는 대화의 내용보다는 상대가 어떤 표정으로 말하는지가 더 중요하다. 하지만 남자는 말하는 내용이 무엇인지만 파악하면 될 뿐 표정 따위는 아무래도 상관없다.

이러한 남녀 차이를 이해하지 못하기 때문에 "왜 자꾸 딴 데를 보면서 말하는 거야!", "너야말로 내 말을 귓등으로도 안 들으면서!"라는 말다툼이 벌어지는 것이다.

이 책을 읽으면 그동안 몰랐던 남녀의 속마음을 이해하게 된다. 서로 다름을 알면 상대가 황당한 생각과 엉뚱한 행동을 하더라도 웃으며 넘길 수 있는 마음의 여유가 생긴다. 한 가지 덧붙이자면, 남녀 차이가 결코 어느 한쪽의 우월함을 의미하진 않는다. 개와 고양이가 서로 다른 행동을 한다고 어느 한쪽이 우월하거나 열등하지 않은 것처럼 말이다.

본문에서 남녀의 사고방식이나 행동 패턴을 비교한다고 '남자가 더 유능하다', 혹은 '여자가 더 지혜롭다'처럼 가치 판단을 내리는 게 아님을 미리 밝혀둔다.

부디 마지막까지 잘 읽어주기 바란다.

-1장-

해결남 공감녀의 말투

이성과 대화를 나누는 도중에 답답했던 적은 없는가?

"남자는 자기 얘기를 왜 한 마디도 안 할까?"

"여자는 왜 쓸데없는 잡담만 늘어놓을까?"

이번 장에서는 남녀가 말하는 방식을 살펴보자.

MAN vs WOMAN

객관적으로 말하는 남자 VS 주관적으로 말하는 여자

감정을 숨기는 남자

대다수의 남자들은 여자와 얘기할 때 왠지 모를 거북함을 느낀다. 더 직설적으로 표현하자면 짜증이 난다는 것이다. 물론 여자도 마찬가지다.

그럴 만도 하다. 남자와 여자는 대화하는 방식 자체가 다르기 때문이다.

남자는 객관적으로 말하고 여자는 주관적으로 말한다.

전혀 다른 입장에서 말하다 보니 대화가 겉돌거나 뒤죽박죽 엉켜

남자는 사실을 근거로 객관적으로 말한다.

그러나 여자는 자신의 느낌을 중심으로 말한다.

서 '정말 이 사람하고는 대화가 안 통하네' 하는 생각이 드는 것이다.

남자는 사실을 근거로 객관적으로 말한다.

그러나 여자는 자신의 느낌을 중심으로 말한다.

이것이 남자와 여자가 서로의 말을 듣다 보면 속으로 '그래서 어쩌라고?'를 외치며 복장이 터지는 이유다.

프린스턴 대학교의 라에 칼슨 교수는 주변의 여러 남녀에게, 지인을 다른 사람에게 소개한다는 가정하에 글로 적어보라고 했다.

그들이 적은 내용을 분석해본 라에 칼슨 교수는 흥미로운 사실을 알아냈다.

남자가 한 설명에는 유독 객관적인 묘사가 눈에 띄었다. 실험에 참가한 남자 42명 중 22명이 "OO는 24세 기혼자다", "엔지니어로 4년간 일하는 중이다"처럼 사실을 중심으로 지인을 묘사했다.

반면 여자는 주관적인 묘사가 압도적으로 많았다.

"OO는 무척 다정다감하다", "엉뚱하고 독특한 성격이다" 등 본인의 주관적인 감상을 중심으로 묘사했다.

실험에 참가한 여자 40명 중 객관적으로 설명한 사람은 고작 7명에 불과했다. 남자의 절반이 객관적으로 설명한 것에 비하면 지극히 낮은 수치다.

여자가 하는 외모 평가를 믿지 못하는 이유

여자가 소개팅을 주선한다고 치자. 소개받는 남자가 "그 여자 어때?"라고 물으면 대부분 주선자는 "OO씨 참 예뻐"라고 말한다. 남자들이여, 절대 여자의 이 말을 믿으면 안 된다. 나중에 분명 후회한다.

예쁘다는 판단은 지극히 주관적인 영역이다. 그러니 객관적으로 누가 봐도 반할 미인이 나올지는 장담할 수 없다. 남자가 알고 싶은 건 소개받는 여자가 키는 몇 센티고 체중은 몇 킬로며 가슴은 몇 컵이고 지금까지 몇 명의 남자에게 고백받았는지 등의 객관적인 자료일 테지만 여자에게 그런 대답을 기대해선 안 된다.

이제 알겠는가. 남녀는 대화 패턴이 완전히 다르다. 그러니 이성에게 호감을 얻고 싶다면 남자는 자신의 감상을 곁들여 대화하고, 여자는 객관적인 사실에 근거해 대화하는 게 효과적이다.

TIP

객관적으로 말하는 남자에게

"당신은 어떻게 생각해?"
남자의 진심을 알고 싶다면
단도직입적으로 물어보자.

주관적으로 말하는 여자에게

"다른 사람들은 뭐라고 해?"
여자의 말에 제3자 의견을 끌어내
객관성을 부여하자.

필요한 말만 하는 남자
VS
끝없이 말하는 여자

길고 장황하게 설명하는 여자

여자는 수다를 좋아한다.

남자는 대개 본론만 짧게 얘기하지만 여자는 어떤 경우든 많은 말을 한다.

부부간의 대화를 보면 아내가 일방적으로 몇 시간이고 떠들고 남편은 적당히 맞장구쳐주는 경우가 많다. 겉으로 보면 남자가 자상하게 들어주는 것 같지만 실은 지겨워도 어쩔 수 없이 들어줄 확률이 높다.

친절하고 구체적인 설명을 원하는 사람에게는

여자가 말하는 게 낫고

시간이 없어 급한 사람이라면

남자가 설명하는 게 나을 것이다.

남녀가 누군가에게 설명할 때는 어떨까?

남자는 필요한 내용만 짧고 정확하게 설명한다. 반면에 여자는 세세하게 디테일까지 알려주느라 말이 길어진다.

미국 뉴욕 주에 있는 애들피 대학교의 레오나드 하버 교수는 남녀 대학생 112명에게 '우리 대학교를 소개하는 문장'을 적도록 부탁했다.

그들이 적은 문장을 분석한 결과, 여자는 남자보다 문장을 길고 자세히 적었다.

무언가를 설명할 때 여자는 설명이 길어진다. 이는 여자가 남자보다 커뮤니케이션 능력이 뛰어나고 대화를 좋아하기 때문이다.

서두르는 사람에게는 '남성적으로' 말하기

남자가 하는 설명은 대체로 짧고 무미건조하다.

이를테면 길을 알려줄 때 남자는 "OO역 2번 출구로 나가 그대로 직진하세요. 그리고 세 번째 신호등에서 우회전하면 나오는 네 번째 건물입니다"처럼 말한다.

여자는 "OO역 2번 출구를 나오면 교차로가 있고 버스 정류장이 있어요. 그 교차로를 한 바퀴 돌아서 직진하세요. 그러면 OO길이라는 작은 간판이 보일 거예요. 거기서 계속 가다가 작은 신호등을 두 개 지나면 큰 교차로가 나와요. 그 곳 세 번째 신호등 근처에 우체국이 하나 있는데 거기서 우회전하세요. 우체국에서 네 번째 건물이에요" 하는 식이다.

남자가 듣기에 여자가 하는 설명은 길고 두서가 없고, 여자가 듣기에 남자가 하는 설명은 생략이 많고 퉁명스럽다.

어느 쪽 설명이 좋다 나쁘다 할 문제는 아니다. 짧고 간결한 설명이 좋다는 사람도 있고 길고 자세한 설명이 좋다는 사람도 있기 때문이다.

친절하고 구체적인 설명을 원하는 사람에게는 여자가 말하는 게 낫고 시간이 없어 급한 사람이라면 남자가 설명하는 게 나을 것이다.

TIP

필요한 말만 하는 남자에게

"더 구체적으로 말해줄래?"
남자가 얘기하고 싶은 마음이 들도록
유도해보자.

끝없이 말하는 여자에게

"그러니까 네 말을 요약하면 OO라는 거구나."
틈틈이 여자가 하는 얘기를 정리해서
집중해서 듣고 있음을 어필하자.

물으면 답하는 남자 VS 주도적으로 말하는 여자

사생활을 드러내지 않는 남자

남자들은 자기 얘기를 잘 하지 않는다. 은밀한 비밀주의자까진 아니더라도 남들에게 사생활을 허심탄회하게 털어놓는 일은 거의 드물다.

남자가 속마음을 터놓는 것은 상대를 완전하게 신뢰할 때뿐이다.

사귀고 5년, 혹은 10년이 지나서야 애인에게 "참, 그러고 보니나 중학교 때 유도 전국대회에서 우승했었어"와 같은 얘기를 들으면 여자는 기가 찰지 모르지만 남자의 특성을 알면 이해 못할 일도

남자들 관계에서 이런 일은 심심치 않게 벌어진다.

몇 년을 알고 지낸 사이라도

좀처럼 깊은 속내를 털어놓지 않는다.

아니다.

본래 남자란 남이 먼저 물어보지 않는 한 나서서 자기 얘기를 하지 않는다.

만일 남자가 사적인 얘기를 꺼내기 시작했다면 상대에게 마음을 열었다는 증거다. 그러기 전까지는 지극히 표면적인 얘기를 주로 나눈다.

반면 여자는 처음 본 사람 앞에서도 거리낌 없이 사적인 얘기를 한다.

"초등학교랑 중학교 때 소프트볼 선수였어요."

"나는 키가 크고 어깨가 넓은 남자가 좋아요."

"아이돌 OO의 팬이에요."

"이번 휴가엔 하와이에 갈까 생각 중이에요."

이처럼 여자는 사적인 얘기를 남들에게 하는 데 거부감이 없다.

미국 앨라배마 대학교의 심리학자 W. H. 리벤바크는 초등학교 4학년부터 고등학교 3학년까지의 남녀를 대상으로 남에게 자기 얘기를 얼마나 하는지 조사했다.

그 결과 초등학교 4학년에서 6학년까지는 남녀 간 차이가 별로 없었다.

초등학교 남학생들은 남들 앞에서 자기 얘기를 제법 잘 털어놓았다. 그러다 고등학교 3학년 무렵부터 격차가 벌어지기 시작했다. 여고생이 자기 얘기를 하는 정도를 100으로 치면, 남고생은 65 정도였다. 절반보단 높지만 확실히 남자는 여자보다 입이 무거웠다.

타인의 가족 구성까지 속속들이 아는 여자

여자 친구들 사이에서는 서로의 사생활을 무엇이든 공유한다.

사귀는 사람은 있는지, 남자 친구는 어떤 사람인지, 가족은 누구누구 있는지, 친구가 어떻게 살아왔는지 등등 시시콜콜하게 얘기한다.

하지만 남자 친구들은 다르다.

굳이 사생활을 노출하려 들지 않으니 아무리 친해도 서로를 속속들이 알지 못하는 경우가 많다.

일본의 최장수 영화 시리즈 〈남자는 괴로워〉의 주인공인 아쓰미 기요시는 사생활을 철저하게 숨기기로 유명했다. 심지어 그가 사망했을 때 무려 26년간 함께한 야마다 요지 감독조차 집 주소를 몰라 난감했다고 한다.

남자들 관계에서 이런 일은 심심치 않게 벌어진다. 몇 년을 알고 지낸 사이라도 좀처럼 깊은 속내를 털어놓지 않는다.

남자들은 몇 번을 물어봐야 마지못해 겨우 대답을 하기 때문이다.

TIP

물으면 답하는 남자에게

"그런 부분까지 말해줘서 고마워."
속 깊은 얘기까지 들려준다면
감사 표현을 하자.

주도적으로 말하는 여자에게

"네 친구는 무슨 일을 해?"
상대의 사적인 내용을
과하지 않은 선에서 물어보자.

과대평가하는 남자
VS
과소평가하는 여자

자신이 매력 있다고 굳게 믿는 남자

"난 정말이지 인기가 너무 없어."

"친구 OO가 나보다 훨씬 예뻐."

이처럼 스스로를 비하하는 쪽은 늘 여자다.

남자가 봐도 매력적이고 예쁜 여자조차 스스로에게 더없이 박한 점수를 준다. 자기 매력을 과소평가하는 태도는 여자의 보편적인 심리에 속한다.

반면 남자는 어떤가. 자신감으로 똘똘 뭉친 그들은 누구보다 자신

세상 모든 남자들은 정도만 다를 뿐 왕자병이 있다.
그래서 자신이 평균 이상은 된다고 굳게 믿는다.

에게 후하다.

"난 너무 매력적이야!"

"나만큼 재밌고 인기 많은 남자 있음 나와 보라 그래!"

"여자들은 나랑 데이트하고 싶어 난리라니까!"

이런 생각은 오로지 남자만 한다. 여자는 결단코 그런 착각하지 않는다.

뉴질랜드 빅토리아 대학교의 심리학자 거스 플래처는 남녀 50쌍에게 앞으로 10분 동안 이성과 대화를 나눈 뒤 실제로 데이트할 것이라고 알려주었다.

플래처는 10분간 대화를 마친 남녀에게 "나는 상대에게 얼마나 호감을 얻었을까", "상대는 나와 얼마나 데이트를 하고 싶어 할까" 등에 대해 예상해보도록 했다.

남자들은 '그녀는 나에게 호감을 느꼈으며 자신과 무척 데이트하고 싶을 것'이라고 자신만만하게 답했다. 실제로 그 정도까진 아닌데도 스스로를 지나치게 과대평가한 것이다.

하지만 여자들은 달랐다. 대부분 '그는 나에게 그다지 호감을 느끼지 못했으며 자신과 별로 데이트하고 싶지 않을 것'이라고 소심하게 답했다.

남자의 '착각'은 여자에게 돌진하게 만드는 원동력

남자들은 자기가 매력적이라는 착각 속에 사는 동물이다.

어쩌면 그런 착각 때문에 적극적으로 이성에게 대시할 용기가 생기는 건지도 모른다. 열등감 있고 스스로를 낮춰보는 남자가 대체 어디서 그런 용기가 생기겠는가.

요컨대 '나는 매력적이다'라는 착각은 마음에 드는 이성에게 적극적으로 다가가려는 남자들의 본능이 낳은 결과물인 셈이다. 그렇게 착각이라도 해야 여자에게 구애할 자신감이 나오지 않겠는가.

'난 머리가 나빠'라고 생각하면 공부할 의욕이 안 생기고 '난 못생겼어'라고 생각하면 연애할 의욕이 안 생긴다. 이런 맥락에서 보면 남자가 자신을 그토록 과대평가하는 게 그리 나쁜 일은 아니다.

이뿐만이 아니다. 남자는 자신의 운동신경이나 지능도 실제보다 높게 평가하는 경향이 있다.

"난 다른 남자들보다 운동을 잘해."

"내 지능은 적어도 평균 이상이야."

어떤 분야든 남자는 자기 능력이 평균보다 높다고 생각한다. 이를 심리학에서는 '평균 이상 효과above-average effect'라고 부른다.

런던 대학교의 에이드리안 펀햄 교수는 남녀 대학생을 대상으로 지능검사를 실시했다. 펀햄 교수는 검사를 하기 전 학생들이 각자의 지능이 어느 정도일지 미리 예측하게 했다.

그랬더니 남학생은 자기 지능을 높게 예측했지만 실제로는 그에 한참 못 미치는 결과가 나왔다. 여학생은 딴판이었다. 오히려 대부분 자기 지능을 실제보다 낮게 예측했다.

남자는 자신의 운전 실력을 평가할 때도 평균 이상 효과를 보인다.

캐나다 요크 대학교의 마이클 라스트맨이 자동차 운전면허를 딴 남녀 대학생을 조사한 결과, '내 운전 실력은 80점 이상'이라고 답한 남학생은 73%에 달했다. 4명 중 3명꼴로 자기가 운전을 잘한다고 평가한 셈이다.

반면 여학생은 49%에 불과했다. 이처럼 여자는 남자에 비해 스스로를 냉정하게 평가하는 특성이 있다.

'평균 이상'이 되어야 직성이 풀리는 남자

남자는 자기 능력을 평가할 때 놀라울 만큼 후한 점수를 준다. 남한테는 그토록 엄격하면서 정작 본인한테는 이성적인 판단력이 흐려지는 모양이다.

세상 모든 남자들은 정도만 다를 뿐 왕자병이 있다. 그래서 자신이 평균 이상은 된다고 굳게 믿는다.

그들은 웬만해선 겸손을 떨지 않는다. 스스로를 높이 평가하지 않으면 자존심에 금이 가거나 자신이 하찮은 존재처럼 느껴져 참을 수 없다.

그러나 과유불급이라는 말도 있듯 지나친 자기애는 타인과의 관계를 망치는 지름길이다. 가끔은 스스로를 낮출 줄도 알아야 한다.

반대로 여자는 자기 능력을 필요이상으로 과소평가한다. 외모에서든 업무에서든 종종 스스로를 깎아내리곤 하는데 좀 더 자신감을 가질 필요가 있다.

TIP

과대평가하는 남자에게

"데이트 신청해줘서 고마워."
자신만만한 남자의 자존심을 배려해주자.

과소평가하는 여자에게

"난 자기의 그런 면이 참 매력적인데?"
여자가 스스로를 낮출 때는
자신감을 갖도록 아낌없이 칭찬해주자.

공인을 화제로 올리는 남자
VS
지인을 화제로 올리는 여자

남 얘기를 좋아하는 여자

여자는 사람에게 관심이 많다. 그래서 여자들 대화에는 늘 타인 얘기가 화제에 오른다.

반면 상대적으로 남자들은 주로 정치, 경제, 건강, 사업 등과 같이 건조한 얘기를 나눈다.

노스이스턴 대학교의 잭 레빈 교수는 오전 11시부터 오후 2시까지 3시간 동안 대학 내 카페에 온 학생들의 대화를 몰래 엿들었다. 실험은 총 8시간 동안 이루어졌다. 레빈 교수가 학생들의 화제를 분석한 결과, 여자들이 나누는 대화 중 71%가 타인에 대한 내용이었다. 반면 남자들의 대화도 64%가 타인 얘기가 반 이상을 차지했는데, 여자와는 상당한 차이점이 있었다.

가령 여자는 친구나 애인 등 직접 아는 사람을 소재삼아 말했다. 타인 얘기를 나눈 71%의 여자들 중 56%는 실제로 잘 아는 사람 얘기였다. 반면 타인 얘기를 한 64%의 남자들 중 직접 아는 사람을 화제로 얘기한 건 25%로 절반 이하였다.

남자도 타인 얘기를 즐겨 했지만 운동선수, 연예인 등 누구나 아는 공인의 비중이 컸다. 남자가 남의 얘기를 할 때 말하는 대상의 46%가 유명인이었는데, 여자는 16%였다.

"내 친구 OO은 말이야" 하고 얘기를 시작하는 게 여자의 특징이라면, "축구선수 OO은 말이야" 하고 운을 떼는 건 남자의 특징이다.

친근한 지인 얘기는 각별히 주의하자

여자는 자신과 별 관계없는 운동선수나 연예인 같은 공인보다 가까운 지인에게 훨씬 흥미를 느낀다.

반대로 남자는 가까운 지인은 대화의 소재로 잘 삼지 않는다.

자신이 누구 얘기를 했다는 사실이 알려지면 뒷담화를 했다고 의심받을 소지가 다분하기 때문이다. 그러니 처음부터 오해받을 일을

남자도 타인 얘기를 즐겨 했지만
운동선수, 연예인 등 누구나 아는 공인의 비중이 컸다.

만들지 않고 안전하게 자신과 무관한 사람들을 대화 소재로 삼는 것이다.

남자든 여자든 자기가 없는 곳에서 누가 자기 얘기를 한다면 과히 기분이 좋지 않으리라. 그러니 애당초 남의 얘기는 자제할 필요가 있다.

특히 여자는 가까운 사람을 소재로 수다를 떠는 경우가 많으니 각별히 주의해야 한다.

참고로 여러분의 애인 혹은 배우자가 다른 사람에게 칭찬받았다면 어떤 기분이 드는가?

남자는 심드렁한 반응을 보이고 여자는 자기 일처럼 기뻐한다.

"네 여자 친구 정말 매력적인데?"

"자네 와이프 정말 멋지고 친절하더군."

대부분의 남자는 애인이나 아내가 남들에게 좋은 소리를 들어도 떨떠름한 태도를 취한다. 왜일까? 좋은 평가를 받으면 받을수록 자신이 그녀에게 못 미치는 존재가 된 것 같기 때문이다.

반대로 여자는 남자 친구나 남편이 남들에게 잘 보이면 우쭐해진다. 애인이나 배우자의 좋은 평가를 곧 자신에 대한 평가로 받아들이기 때문이다.

자기 파트너가 칭찬받아도 시큰둥한 남자

플로리다 대학교의 케이트 래틀리프 교수는 남녀 커플 32쌍에게 사회적 지능을 측정하는 가짜 테스트를 실시했다. 그리고 모든 커플에게 "당신의 파트너는 상위 12%에 드는 높은 성적이 나왔다"라는 거짓 결과를 알려주었다.

그러자 여자는 남자의 2배 이상으로 기뻐했다.

또한 래틀리프 교수는 "유감스럽지만 당신의 파트너는 하위 12%

에 드는 저조한 성적이 나왔다"라는 거짓 결과를 알려주는 조건으로 똑같은 실험을 실시했는데 이 경우엔 남자가 기뻐했다.

놀랍지만 사실이다. 남자는 남이 자기 애인을 깎아내리면 좋아하고 여자는 남이 자기 애인을 띄워주면 좋아한다. 남자들이란 천성적으로 속이 좁고 심사가 꼬인 동물인 걸까?

아내가 남편보다 수입이 많으면 부부관계가 삐거덕거리기 쉽다는 연구 결과도 있다.

워싱턴 대학교의 라마 피어스는 덴마크에서 실시된 실험에서 약 400만 명의 자료를 분석했다. 그 결과, 아내의 수입이 남편보다 많은 커플의 경우 남편이 의욕을 잃고 나태해지기 쉽다는 결론이 나왔다.

단순히 생각하면 배우자 한쪽이 많이 벌수록 부부 생활도 윤택해지니 긍정적으로 바라볼 일이다. 그런데 대다수 남자는 더 많이 버는 당사자가 본인이 아니면 이를 환영하지 않는다. 부부 관계에서도 자신이 상대보다 우위에 서야 한다는 서열 관념이 남자들 심리에 깊게 뿌리내린 탓이다.

TIP

공인을 화제로 올리는 남자에게

"오늘 아침 뉴스 봤어?"
최신 뉴스를 화제로 올려보자.

지인을 화제로 올리는 여자에게

"이웃집 OO씨가 이런 말을 하더라고."
친근한 소재로 대화를 유도해보자.

심사숙고형 남자 VS 속전속결형 여자

글자를 빨리 쓰는 여자

운동에서 반응속도나 민첩성을 평가할 때 대개 남자가 여자보다 성적이 좋다.

보통은 남자가 여자보다 체력이 좋으니 행동도 빠르리라 예상할 수 있다.

그렇다면 글자 쓰는 속도는 어떨까?

신기하게도 여자가 더 빠르다.

아무리 행동이 민첩하고 빠른 남자도 웬만해서는 여자를 이기기 어렵다.

심리학자 마샤 코헨은 여자가 남자보다 글자를 빨리 쓴다는 사실을 실험으로 검증했다. 코헨이 국제 학술지 '지각과 운동기술Perceptual and Motor Skills'에 발표한 논문을 보자. 코헨은 남녀 고등학생 각 75명씩 총 150명에게 3분간 어떤 문장을 베끼게 한 다음 문자수를 분석했다. 그러자 남자가 적은 글자 수는 평균 92.7자였고 여자가 적은 글자 수는 평균 107.0자였다.

신체 능력이 여자보다 뛰어나고 행동도 빠른 남자가 유독 글자 쓰는 속도에서 여자보다 뒤처지는 이유가 뭘까?

그러고 보면 핸드폰 문자를 쓰는 속도도 여자가 압도적으로 빠르다. 여고생이 핸드폰으로 문자를 적어내리는 속도는 가히 경이로운 수준이다.

남자가 끙끙거리며 글 한 줄 적어 내려가는 시간에 여자는 최소한 상대와 3회 정도 문자를 주고받는다.

지나치게 신중한 남자

대부분 남자는 생각이 지나치게 많아 문장을 적을 때도 오랫동안 고심한다.

문자나 메일을 보낼 때도 글을 자주 고치고 다듬는다. 그만큼 속

대부분 남자는 생각이 지나치게 많아
문장을 적을 때도 오랫동안 고심한다.
문자나 메일을 보낼 때도 글을 자주 고치고 다듬는다.
그만큼 속도도 떨어진다.

도도 떨어진다.

반면 여자는 하고 싶은 말을 단숨에 적어버리고 수정도 잘 하지 않는다. 그러니 속도도 빠르다.

혹시 글쓰기가 남자보다 여자에게 적합한 활동은 아닐까?

훌륭한 여류작가는 무수히 많다. 시대를 거슬러 올라가면 일본 고전문학의 정수로 손꼽히는《겐지 이야기》나《마쿠라노소시》도 여류작가의 손끝에서 탄생했다. 신중한 성격을 지닌 남자, 혹은 문장에 친숙한 여자의 특성상 남녀 사이에 글 쓰는 속도가 다르다는 건 내 개인적인 의견에 불과하지만 어떤가. 꽤 신빙성 있지 않은가?

TIP

심사숙고형 남자에게

"천천히 알려줘도 돼."
당장 답해야 한다는 압박감을
느끼지 않도록 배려하자.

속전속결형 여자에게

"바로 답변해줘서 고마워."
피드백이 빠르다면 고마움을 표현하자.

재미있어야 웃는 남자 VS 재미없어도 웃는 여자

남자보다 두 배 잘 웃는 여자

여자는 남자보다 서비스 정신이 매우 뛰어나다.

이유는 간단하다. 여자가 남자보다 잘 웃기 때문이다.

의사, 변호사, 교사 등에게 상담하러 갈 때 상대방이 여자면 왠지 친절하고 따뜻한 응대를 받을 것이란 예감이 들지 않는가?

루이지애나 주립 대학의 제임스 허니컷 교수는 남녀 참가자를 모집해 동성끼리 2인 1조로 5분간 자유롭게 잡담을 나누게 했다.

허니컷 교수는 서로 편하게 얘기하는 장면을 영상으로 녹화해 남

남자는 잘 웃지 않지만 웃어도 짧게 끝난다.
잠깐 웃고 바로 무표정한 얼굴로 돌아와 버리면
함께 있는 사람도 거북해지기 쉽다.

녀가 어떤 식으로 대화를 나누는지 분석했다. 그러자 말하면서 웃는 빈도는 여자가 훨씬 높았다.

웃는 시간을 재보니 5분 중 남자는 평균 58.95초, 여자는 106. 19초였다.

여자가 남자보다 약 두 배가량 많이 웃는 셈이다.

남자도 재미있으면 웃는다.

그러나 여자는 재미가 없어도 웃는다. 여자는 일상적인 대화에서도 시도 때도 없이 웃는다.

이것이 여자가 친절하고 붙임성 좋다고 여겨지는 이유다.

웃는 얼굴은 비즈니스를 성공시키는 열쇠

일을 성공하고 인생을 행복하게 보내기 위해서 웃는 얼굴은 필수다.

남자는 여자의 웃는 모습을 보고 배워서 지금보다 두 배는 더 많이 웃어야 한다.

남자는 잘 웃지 않지만 웃어도 짧게 끝난다. 잠깐 웃고 바로 무표정한 얼굴로 돌아와 버리면 함께 있는 사람도 거북해지기 쉽다.

경찰관, 군인, 외교관처럼 업무상 진지한 표정을 지어야 하는 직업은 예외로 치더라도 대부분의 직종은 일할 때 부드럽게 웃는 편이 성공할 확률도 높다. 무서운 표정을 짓는 사람에게는 아무도 다가오지 않는다.

남자가 업무 이외에 친밀한 사적 인맥을 쌓지 못하는 건 무뚝뚝한 표정 때문이 아닐까? 인맥을 넓히고 비즈니스를 성공시키고 싶다면 웃는 표정부터 연습해보자.

TIP

재미있어야 웃는 남자에게

"웃는 얼굴이 훨씬 보기 좋아요."
무뚝뚝한 얼굴로 손해 보기 일쑤인 남자에게
슬쩍 조언해주자.

재미없어도 웃는 여자에게

"억지로 분위기 맞추지 않아도 괜찮아요."
주변 눈치를 보느라 애쓰는 여자에게
따뜻한 말 한 마디를 건네자.

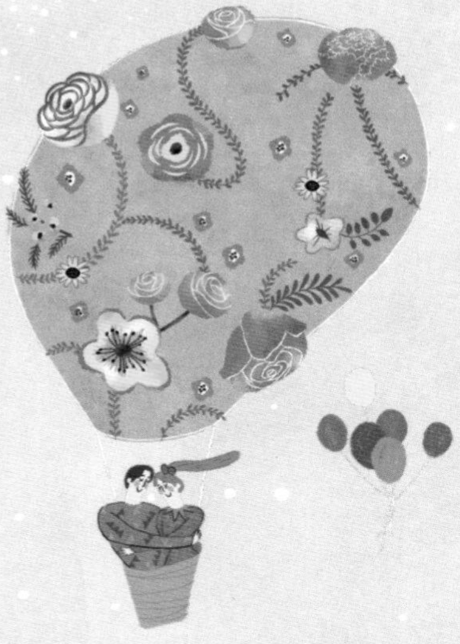

기쁜 표현이 서툰 남자 VS 화난 표현이 서툰 여자

표정은 드러내야 이득

인간이 느끼는 희로애락 감정은 표정에 고스란히 드러나게 마련이다.

말로 하지 않아도 우리는 상대 얼굴을 보고 '아, 기뻐하고 있구나' 라던가 '지금 슬픔에 빠져 있네'처럼 그 사람이 어떻게 느끼는지 짐작한다.

감정을 있는 그대로 표정에 드러낼수록 인간관계도 편안해진다. 감정을 드러내지 않는 사람은 상대를 불편하게 만들기 때문이다.

'저 사람은 대체 무슨 생각을 하는지 도통 알 수가 없어'라고 여겨지면 누구도 다가가기 어렵다.

그러니 감정은 되도록 솔직하게 표정으로 드러내는 게 좋다.

여자는 표정이 풍부하고 감정을 솔직하게 표현한다. 반면 남자는 무표정하고 감정을 잘 드러내지 않는다.

독일 기센 대학교 해롤드 월보트 교수는 남자 20명이 지은 표정과 여자 20명이 지은 표정을 사진으로 찍은 다음 다른 사람이 얼마나 정확하게 감정을 알아맞히는지 조사했다.

그 결과, 여자의 표정이 훨씬 알아맞히기 쉬웠다. 여자는 기쁨이나 즐거움을 표현할 때 남자보다 크고 풍부한 표정을 짓는다. 때문에 모르는 사람도 쉽게 알아차린다.

그런데 남자는 기쁠 때도 무표정과 크게 다르지 않아 타인이 판단하기 어려울 때가 많다.

'불쾌함'을 전하는 방법

단, 월보트 교수의 실험에서 오직 한 가지 감정만은 남자의 표정에서 더 잘 드러났다. 그것은 바로 '노여움'이었다. "화가 났을 때 표정을 지어주세요"라고 부탁받은 남자는 누가 봐도 알아차릴 만큼 분노하는 표정을 지어보였다.

반면 표정으로 감정을 잘 전달하는 여자는 왠지 노여움을 표현하는 데는 서툴렀다.

싫어하는 남자가 끈질기게 데이트 신청을 하면 여자는 불쾌해도 겉으로 감정을 쉽게 드러내지 못한다. 그리고 이를 자기에게 맘이 있다고 착각한 남자는 더욱 집요하게 대시한다.

이러한 상황은 남녀 사이에 비일비재하다. 이는 여자가 본래 화, 분노와 같은 부정적인 감정을 드러내기를 어려워하는 탓이다.

상냥하고 웃는 표정에 서툰 남자라도 엄숙하고 화난 표정은 잘 짓는다. 때문에 업무상 회의나 거래를 할 때 일부러 심각하고 못마땅한 얼굴을 보여서 상대를 긴장시킨 다음 양보를 받아내기도 한다.

이처럼 부정적인 감정을 제외한 대부분의 감정은 여자가 잘 표현한다.

여자가 '매력적이다', '친절하다'는 말을 듣는 이유는 표정이 풍부하기 때문이다. 남자는 속마음을 얼굴에 잘 표현하지 않으므로 '사무적이다', '무뚝뚝하다'는 말을 자주 듣는다.

웃을 때도 살짝 미소만 짓기보다 얼굴 근육을 크게 사용해 함박웃음을 지어보자. 표정을 풍부하게 사용할수록 '유쾌하고 사교성 좋은 사람'이라는 이미지가 생겨 인간관계가 술술 풀린다.

여자는 자신이 느낀 감정을 솔직하게 표현할 줄 안다. 거슬리는

상냥하고 웃는 표정에 서툰 남자라도
엄숙하고 화난 표정은 잘 짓는다.
때문에 업무상 회의나 거래를 할 때
일부러 심각하고 못마땅한 얼굴을 보여서
상대를 긴장시킨 다음 양보를 받아내기도 한다.

말을 들으면 금세 삐치고 선물을 받으면 날아갈 듯 기뻐한다.

남자들이여, 감정을 드러내기를 두려워하지 말라. 기쁜 소식을 들어도 시큰둥하고 슬픈 소식을 들어도 무덤덤하다면 사람들은 당신을 피도 눈물도 없는 메마른 인간으로 느낄 것이다.

남자도 희로애락을 전부 느낀다. 다만 감정을 표현하는 법이 서툴 뿐이다.

인간관계가 좋아지는 법

미국 텍사스 A&M 대학교 마이클 그로스먼 교수는 남녀의 감정 표현에 대한 흥미로운 실험을 했다. 그는 수십 명의 남녀를 모아 '애정, 기쁨, 슬픔, 공포'의 감정을 15점 만점에서 얼마나 표현할 수 있는지 물었는데 남자는 7.93, 여자 9.34라는 결론을 얻었다.

그리고 "감정을 얼마나 강하게 표현하는가?"라는 질문에서는 남자 7.87, 여자 8.93이라는 결과를 얻었다.

그로스먼 교수의 실험으로 알 수 있듯이 감정 표현은 여자가 훨씬 능숙하고 풍부하다.

여자가 남자보다 쉽게 사람을 사귀는 건 상대가 무엇을 생각하는지 잘 알아차리기 때문이다.

타인의 얼굴 표정만 보고도 여자는 "아, 저 사람은 기분이 좋은 가

봐", "왠지 지루해 보이는데" 하는 감정을 금세 파악한다. 남의 감정을 읽으면 어떻게 대응해야 할지도 잘 안다. 이러니 인간관계가 점점 좋아지는 것은 당연한 일 아닐까?

반면 의중을 쉽사리 내비치지 않는 사람은 사귀기가 힘들다.

성별로 말하자면 남자가 속마음을 잘 드러내지 않아 인간관계에 어려움을 겪는다. 연령별로는 아이가 감정 표현이 솔직하고 풍부해서 다른 사람과 쉽게 친구가 되는 반면 나이가 들수록 감정을 표현하지 않아 사람사귀기가 점점 힘들어진다.

평소에 감정 표현이 빈약하다고 느낀다면 의식적으로 감정을 크게 드러내는 연습을 해보자.

TIP

기쁜 표현이 서툰 남자에게

"정말 잘 됐네요!"
좋은 일은 함께 기뻐해주자.

화난 표현이 서툰 여자에게

"괜찮아, 나중에 꼭 따끔하게 한 마디 해주자."
화내지 못하는 여자에게
용기를 북돋아주자.

공적인 장소가 편안한 남자
VS
사적인 장소가 편안한 여자

여자는 자기주장이 약하다?

사람들은 흔히 남자가 여자보다 자기주장이 강하다고 생각한다. 적극적으로 자신의 주장을 펼치고 좀처럼 굽히지 않는 남자에 반해 여자는 주위 의견을 경청하고 조율하는 이미지가 있기 때문이다.

그러나 이는 세상의 통념에 불과하다. 여자도 당연히 남자와 마찬가지로 자기주장을 한다.

다만 남녀가 자기주장을 하는 '장소'가 다를 뿐이다.

인디애나 대학교의 심리학자 데이비드 매디슨이 조사한 바에 따

남자는 '공적인 장소'에서 자기주장을 잘 하고
여자는 '사적인 장소'에서 자기주장을 잘 한다고 한다.

르면, 남자는 '공적인 장소'에서 자기주장을 잘 하고 여자는 '사적인 장소'에서 자기주장을 잘 한다고 한다.

직장에서 회의하는 풍경을 떠올려보자.

사람이 많은 회의실에서 여자는 적극적으로 나서서 의견을 말하기보다 차분히 듣는 경우가 많다.

지자체 모임이나 학부모 회의에서도 여자는 대개 점잖게 앉아 남의 말을 경청한다.

공적인 장소에서 여자가 소극적인 태도를 취할 때 남자는 거침없이 할 말을 하고 분위기를 이끌어간다.

그런데 사적인 장소에서는 이런 경향이 뒤집어진다. 여자는 사적인 장소에서 활기가 넘치며 거리낌 없이 본심을 드러낸다.

사귀기 시작하고 상대가 달라 보일 때

가족이나 친구, 애인과 개인적인 공간에서 수다를 떨 때, 여자는 훨씬 터프하고 대담해진다.

학교나 직장에서는 새침하고 얌전했던 여자 친구가 교제를 시작한 뒤로 거침없이 자기주장을 쏟아내는 모습을 보고 당황하는 남자들이 적지 않다.

하지만 공적인 장소에서 어른스럽고 점잖아지는 여자의 속성을 이해한다면, 사귀기 시작하고 편안한 자리에서 그녀가 180도 다른 모습을 보인다고 놀랄 이유는 없다.

게다가 남녀가 결혼에 골인해 사적인 공간을 공유하면 여자는 점점 당당해지고 남자는 점점 소심해진다.

따라서 "여자가 자기주장이 약하다"는 말은 완전한 오해다. "남자가 여자보다 자기주장이 강하다"는 말도 마찬가지다. 그저 서로 편하게 자기주장을 하는 장소가 다를 뿐이다.

공적인 장소가 편안한 남자에게

(회의 중에) "OO씨는 어떻게 생각해요?"
술술 의견을 제시하는 경우가 많으므로,
과묵해보여도 일단 발언할 기회를 주자.

사적인 장소가 편안한 여자에게

(회의 후에) "실제론 어떻게 생각해요?"
비공식적인 장소에서 진심을 끌어내보자.

몸으로 스트레스 푸는 남자 VS 말로 스트레스 푸는 여자

여자는 섬세한 불평꾼

여자는 날마다 많은 스트레스를 견디며 살아간다. 남자라고 스트레스가 없는 건 아니지만 여자에 비하면 스트레스를 참는 마지노선이 높다.

더욱이 결혼한 여자라면 하루하루 스트레스가 극에 달한다. 안 그래도 회사에서 업무와 인간관계에 시달리는데 집에 오면 가사와 육아까지 떠맡아야 하니 오죽하겠는가.

여자는 기질적으로 예민하고 섬세해서 남자보다 쉽게 스트레스를 받는다. 스트레스가 쌓이니 불평도 많고 험담도 자주 하게 되는 것이다.

네덜란드 에라스무스 로테르담 대학교의 에릭 래신 교수가 조사한 바에 따르면, 여자는 하루에 평균 3.19회 남의 험담을 한다고 한다.

거친 욕설은 남자의 전매특허 같지만 래신 교수는 여자도 스트레스를 발산하는 수단으로 욕설을 자주 쓴다고 말한다.

여자들이 모여 잡담할 때 화제의 대부분은 타인의 험담이다.

남자들은 대개 자기 아내가 "있잖아, 오늘 옆집 OO씨가 말이야" 하고 운을 떼면 속으로 '이번엔 또 누굴 헐뜯으려고' 하며 지겹고 짜증날지 모른다.

하지만 여자의 속마음은 그게 아니다. 불평과 푸념을 하면서 자기가 얼마나 힘든지 알아주길 바라는 것이다. 상대가 자기 말을 경청하고 공감해주면 마음속 응어리도 눈 녹듯이 풀린다. 예민하고 스트레스에 취약한 여자는 남자보다 마음속 응어리가 많다. 만일 여자가 속상해하며 당신 앞에서 하소연을 한다면 잘 들어주자. 그게 남자의 도리다.

건강을 해치는 스트레스 해소법

여자가 대화로 스트레스를 해소한다면 남자는 알코올이나 니코틴에 의지하는 경향이 있다. 즉 술을 마시거나 담배를 피우며 답답하고 불쾌한 기분을 해소하려 든다.

술과 담배는 남에게 피해를 주진 않지만 건강에 해롭다. 차라리 여자처럼 수다를 떨어서 개운해지는 편이 낫다.

스트레스를 함께 풀 상대가 있다는 건 무척 든든한 일이다.

그러니 평소에 친구를 잘 사귀어 괴로운 일이 있을 때마다 마음 맞는 친구를 만나 부정적인 감정을 털어버리자.

여기 재미있는 연구 결과가 있다. 영국 리즈 대학교의 피오나 존스 교수는 공무원이나 사회복지 등 여러 업종에 근무하는 평균 40세 남녀 422명에게 4주 동안 일기를 쓰게 했다. 그리고 남녀별로 짜증이 날 때 어떻게 스트레스를 해소하는지를 살펴봤다.

그 결과, 여자는 스트레스를 받으면 케이크, 초콜릿, 도넛 등 '달콤한 디저트'를 먹으며 기분전환을 하려 했다.

"일이 산더미처럼 쌓여있네. 맛있는 커피나 케이크를 먹고 힘내야지!"

"상사한테 혼나서 기분이 우울해. 오늘은 달달한 디저트 좀 먹어볼까."

이처럼 여자는 당분을 섭취해서 스트레스를 해소하려는 특성이 있다.

스트레스 받으면 알코올을 섭취하는 남자

남자는 어떻게 스트레스를 해소할까?

존스에 따르면 남자는 평소보다 줄담배를 피우고 과음하는 등 담배와 술로 스트레스를 푸는 비율이 높았다.

"힘들고 섭섭하겠지만, 술 한 잔 쭉 마시고 스트레스 같은 건 확 날려버려!"

남자들이 술집에서 자주 하는 말이다.

실제로 남자는 스트레스가 심하면 여자보다 두 배 이상의 알코올을 섭취하는 것으로 드러났다.

당분과 알코올 과다섭취는 비만이나 각종 합병증을 유발하므로 스트레스 해소법으로 추천할 만한 방법은 아니다.

스트레스를 날리는 가장 효과적인 방법이 있다. 바로 운동이다.

회사에서 기분 나쁜 일이 있었다면 귀가 후 2킬로 정도 가볍게 뛰거나 집 근처를 산책해보자. 스트레스도 풀고 건강도 지킬 수 있으니 일석이조인 셈이다.

TIP

몸으로 스트레스 푸는 남자에게

"몸 생각하시면서 일하세요."
스트레스로 과음하는 남자에게
염려하는 말 한 마디를 건네자.

말로 스트레스 푸는 여자에게

"힘든 일 있으면 언제든지 말해요."
여자가 하소연할 때는 가만히 들어주자.

굽히지 않는 남자 VS 의견을 바꾸는 여자

순순히 남의 의견에 따르지 않는 남자

회의 중에 자신이 제안한 기획안을 고집하며 끝까지 밀어붙이는 사람은 여자가 많을까, 아니면 남자가 많을까?

대충 짐작이 가겠지만 남자가 많다.

특히 회사에서 연장자 혹은 고위직이라면 남자일 확률이 100%다.

"이 의견이 반드시 채택돼야 합니다!"

"다른 의견은 인정 못 해요!"

이렇게 완강한 어투로 말하는 쪽은 거의 남자다.

남자들은 자기 결정을 좀처럼 굽히지 않는다. 일단 마음을 정하면 다른 사람이 뭐라 하든 아랑곳하지 않는다.

여자는 어떨까?

좋게 말하면 융통성 있고 나쁘게 말하면 우유부단한 속성을 지닌 여자는 분위기에 쉽게 동조한다.

"아, 그것도 좋겠군요."

"그럴듯한 얘기예요."

이처럼 여자는 쉽사리 남의 의견에 따르는 경우가 많다.

캘리포니아 주립 대학교의 헤롤드 제라드 교수는 남자와 여자가 얼마나 집단 의견에 동조하는지 조사했다. 먼저 수십 명이 모인 집단을 여럿 만들고 집단마다 토론을 시켰다. 이 과정에서 다른 사람이 한 가지 의견을 정답이라 주장할 때 남자와 여자가 어떤 반응을 보이는지 살펴봤다. 참고로 실험 참가자들은 각 집단마다 1명씩 배정되었으며 나머지 사람에게는 사전에 실험 내용을 고지한 상태였다.

실험은 총 12회 이루어졌는데 여자가 주위 의견에 동조한 횟수는 4.16회, 남자는 3.25회였다.

남자도 다른 사람의 의견에 동조하는 경향을 보였으나 여자에 비하면 상대적으로 낮았다.

남의 말에 수긍하고 따른다는 것은 남자에게 곧 패배를 의미한다. 자존심에 심각한 타격을 받는다고 생각하기 때문이다. 그래서 남자는 자존심과 명예를 지키기 위해서라도 자기 의견을 굽히지 않는다. 더욱이 나이가 많거나 지위가 높은 남자라면 그런 경향은 더욱 심해진다. 이들은 자기보다 나이가 적거나 지위가 낮은 사람에게 의견을 굽히는 걸 대단히 치욕스럽게 여긴다.

여자는 다른 사람 의견에 동조한다고 해서 자존심에 상처를 입진 않는다. 화합과 평화를 중시하므로 자기 의견을 바꾸는 데 큰 거부감이 없다.

이런 걸 보면 남자란 여자보다 포용력이 부족한 구석이 있다.

'NO'라고 못 하는 여자

여자들은 주변과 완만하게 협력하려는 경향이 있다. 그래서 되도록 다수의 의견을 거스르지 않으려고 한다.

이를테면 자신은 구내식당에서 점심을 해결하고 싶은데 누군가 "오늘 날씨도 좋으니 밖에서 먹자"고 제안해서, 이에 다른 직원들도 동의하면 별 망설임 없이 밖으로 나간다.

구내식당에 가고 싶은 마음보다 대세를 따르려는 마음이 더 강하기 때문이다.

남의 말에 수긍하고 따른다는 것은 남자에게 곧 패배를 의미한다.
자존심에 심각한 타격을 받는다고 생각하기 때문이다.
그래서 남자는 자존심과 명예를 지키기 위해서라도
자기 의견을 굽히지 않는다.

혼자 튀는 행동을 해서 분위기를 깨트리느니 차라리 자기 의견을 바꾸는 게 낫다고 생각하는 쪽은 거의 여자다.

캐나다 요크 대학교의 노먼 앤들러 교수는 5인 1조 집단을 여럿 만들어 각 집단마다 열여섯 가지 과제를 주고 자유롭게 토론을 시켰다. 그런 뒤 마지막에 각 개인이 정답을 결정하도록 했다.

예컨대 서로 다른 몇 가지 도형을 보여주고 "가장 면적이 넓은 도형은?"이라는 질문을 던지면 집단이 함께 토론을 한 다음 각자 대답을 선택하는 식이다.

참고로 5인 1조로 이루어진 집단에서 실험 참가자 1명을 제외한 나머지 4명은 실험 내용을 사전에 알고 있었다. 아울러 이들은 명백히 정답이 아닌 것으로 짐작되는 선택지를 정답이라고 주장하도록 지시받았다.

이를테면 "미국 국립공원 레이니어 산Mount Rainier의 소재지는 어디?"라는 질문에 "뉴욕 주 같은데?"라며 일부로 오답을 유도하는 식이다. (레이니어 산은 워싱턴 주에 있다.)

타인에게 자신을 맞출수록 스트레스 지수는 증가

실험 참가자들은 얼마나 다수 의견에 동조했을까?

여자는 16개 과제 중 평균 13개에 동조했다.

상당수 여자 참가자는 오답이 분명해보여도 다수가 강하게 주장하면 미심쩍어하면서도 그대로 따랐다.

남자는 16개 과제 중 평균 9.5개에 동조했다. 남자 역시 자신을 뺀 나머지가 이구동성으로 주장하는 의견에 좀처럼 이의를 제기하기 어려워했다. 그러나 여자에 비하면 상대적으로 동조하는 횟수가 낮았다.

여자는 다른 사람과의 조화를 중시한다. 이것이 자기 생각과 달라도 다수 의견이라면 받아들이는 이유다.

결과적으로 인간관계에서 갈등을 일으키지 않기 위해 노력하고 타인을 배려하느라 많은 에너지를 소모하는 건 여자다. 그만큼 인간관계로 스트레스 받을 확률도 여자가 높다.

TIP

굽히지 않는 남자에게

"좋은 생각이에요. 다만 한 가지만 덧붙이고 싶은데요."
곧바로 반대하지 말고
우선 인정해준 다음 얘기를 진행해보자.

의견을 바꾸는 여자에게

"OO씨는 어떻게 생각해요?"
여자가 주변 눈치를 본다면
나중에 조용히 본심을 물어보자.

-2장-

해결남 공감녀의 인간관계

이성의 행동을 보고 의아해하거나 이해하기 힘들었던 적은 없는가?

"남자는 왜 주변 사람들에게 사소한 배려를 하지 못할까?"

"여자는 왜 혼자 밥 먹기를 싫어할까?"

이번 장에서는 남녀가 사람을 사귀는 방식을 살펴보자.

MAN vs WOMAN

물러서는 남자 VS 다가오는 여자

적당한 거리를 유지하려는 남자

남자와 여자는 편안함을 느끼는 거리가 다르다.

여자는 심리적 거리가 가까워서 애인과 함께 있으면 더욱 다가가려 한다. 그런데 남자는 여자보다 심리적으로 안정감을 느끼는 거리가 멀다. 아무리 애인이라도 지나치게 가깝다 싶으면 멀어지려 한다.

길을 다니는 여자들 무리를 보면 대부분 꼭 붙어 다닌다. 서로 어깨동무를 하거나 팔짱을 끼기도 한다. 여자는 친할수록 거리가 좁다.

남자들은 어떤가. 아무리 친한 친구 사이라도 서로 닿을 만큼 붙어 다니는 경우는 눈을 씻고 찾아봐도 거의 없다. 대부분 40~50센티가량 거리를 두고 걷는다. 지나치게 밀착하면 주변 사람들로부터 혹시라도 의심을 살까 봐 여간 신경 쓰이는 게 아니다.

미국 콜로라도 주에 있는 덴버 대학교의 캐롤 구아르도 교수는 두 사람 사이의 적당한 거리가 어느 정도인지 조사했다. 그 결과, 여자는 친구 사이나 호감을 가진 이성일수록 남자보다 가까운 거리를 선호했다.

예외적으로 여자가 남자보다 멀리 떨어지려는 경우도 있었는데 상대가 '모르는 사람'이거나 '화난 사람'일 때였다. 낯설고 경계심이 생기는 상황이 아니라면 여자는 기본적으로 상대와 가까이 있기를 바란다.

활달한 사람일수록 심리적 거리가 가깝다

남자는 친구, 애인, 가족 등 어떤 상대라도 지나치게 달라붙으면 부담스러워한다.

어릴 때 엄마 곁에 찰싹 붙어 지내던 남자아이도 커가면서 자연스레 거리를 둔다. 중학생이 된 아들한테 엄마가 "한번 안아볼까" 하고 다가오면 질겁하고 줄행랑치기 십상이다.

여자도 사춘기가 되면 아빠와 나누는 스킨십은 꺼릴지 모르지만 엄마와는 별다른 거부감이 없다. 여자들 사이에 느끼는 특유의 편안함이 있기 때문이리라.

물론 남자들 중에 심리적 거리가 가까운 사람도 존재한다. 이들은 대개 사교적이고 활발하다는 공통점이 있다.

그들은 상대가 가까이 다가가도 대수롭지 않게 여긴다. 반대로 내성적이고 소심한 남자는 상대가 거리를 좁혀오면 극도로 예민해진다.

그러니 여자들이여, 과도한 밀착을 꺼리는 남자들의 심리를 이해한다면 아무리 애인이 사랑스러워도 평소엔 적당히 거리를 유지하는 센스를 발휘하자. 남자들이 거리를 좁혀 올 때까지 조금만 기다려주기 바란다.

TIP

물러서는 남자에게

"너무 가까워?"
거리를 좁히기 전에
상대방 의사를 물어보자.

다가오는 여자에게

"이쪽으로 좀 더 가까이 올래?"
이성에게 접근하기 힘든 인상을 주고 있다면
먼저 다가가 보자.

허기를 채우는 남자 VS 친목을 다지는 여자

혼자서 밥 먹기가 불편한 여자

'런치 메이트 증후군'이라는 말이 있다. 직장이나 학교에서 점심을 같이 먹을 상대가 없으면 공포와 불안을 느끼는 증상을 뜻한다.

신기하게도 런치 메이트 증후군을 앓는 사람은 거의 여자다.

남자는 혼자 밥 먹는 데 아무 거리낌이 없다. 오히려 더 편하다는 사람도 많다. 길가에 즐비한 포장마차나 노점을 둘러보면 혼자 온 남자 손님을 심심치 않게 발견한다.

하지만 여자는 다르다. 혼자서 식사하는 것만큼 괴로운 일은 없

남자는 혼자 밥 먹는 데 아무 거리낌이 없다.
오히려 더 편하다는 사람도 많다.
길가에 즐비한 포장마차나 노점을 둘러보면
혼자 온 남자 손님을 심심치 않게 발견한다.

다. 심지어 점심을 같이 먹을 상대가 없다는 이유로 직장을 관두기도 한다.

남자가 보면 "그까짓 이유로 직장을 옮긴다고?"라며 어이없어할지 모르지만 여자에겐 무엇보다 중대한 문제다.

왜 이런 차이가 발생할까?

애당초 남자와 여자 사이에 식사가 갖는 의미 자체가 다르기 때문이다.

남자에게 식사란 말 그대로 '영양을 보충하고 허기를 때우는 행위'다. 배고픔을 채우면 그것으로 족하다.

하지만 여자에게 식사란 '타인과 친목을 도모하는 사교적인 행위'다. 여자들은 함께 대화를 나누고 식사하면서 심리적인 안정감을 느끼고 유대감을 쌓는다.

따라서 '혼자 밥 먹기'는 여자들에게 더없이 외롭고 괴로운 일인 셈이다.

어두워질수록 누군가와 함께이고 싶다

미국 웨스턴일리노이 대학교의 진 스미스 교수는 대학 구내의 카페테리아에서 총 3,000여 명에 이르는 학생들이 혼자 오는지, 아니면 누군가와 함께 오는지 관찰했다.

그랬더니 여학생은 71.3%가, 남학생은 63.2%가 타인과 동행했다. 여자가 누군가와 함께 올 확률이 예상대로 높았다.

시간대로 나눠보면 아침 시간에 타인과 함께일 확률은 50.5%였고 점심시간에는 57.9%, 저녁 시간에는 79.7%였다.

아침이라면 '혼자라도 괜찮겠지'라고 생각하는 사람이 많은데 점심이나 저녁때는 누군가와 함께 있고 싶어진다. 이것은 남녀 공통인데 확률은 여자가 높았다.

남자는 혼자 식사를 해도 불편하지 않다. 음식이 맛있다면 그것으로 만족한다.

그러나 여자는 아무리 값비싼 음식이라도 혼자 먹으면 김이 빠진다. 여자는 누군가와 함께 먹는 게 중요하다. 무엇을 먹는지는 그다음 문제다.

허기를 채우는 남자에게

"맛있는 거 먹으러 가자!"
함께 식사하고픈 마음을 전하자.

친목을 다지는 여자에게

"모두 같이 가는 거 어때?"
먹는 것 자체보다
유대감을 느끼게 해주자.

나란히 앉는 남자
VS
마주 보고 앉는 여자

남녀가 거북해하는 위치

남자는 바로 눈앞에 누군가가 있으면 부담스러워한다. 반면 여자는 자기 옆에 누군가가 있으면 어색해한다.

지하철에서 앉아서 가는 경우를 생각해보자. 남자는 다른 사람이 자기 앞에 서 있으면 불편하고 여자는 자기 옆에 다른 사람이 앉으면 불편하다.

미국 퍼듀 대학교의 제프리 피셔 교수는 남녀가 거북해하는 위치를 실험으로 확인했다.

대학 도서관에서 혼자 책상에 앉아 책 읽는 학생이 있으면 실험자가 다가가 바로 옆에 앉거나 정면에 앉아보았다.

그 결과, 남자는 낯선 이가 정면에 앉으면 껄끄러운 기색을 내비쳤다. 눈앞에 누군가 있으면 시선을 마주치게 되는 상황이 편치 않은 것이다.

하지만 자기 옆에 모르는 사람이 앉을 때는 크게 개의치 않았다. 옆에 앉으면 앞에 앉는 것보다 거리는 더 가깝지만 상대방이 시야에 들어오지 않으므로 심리적으로는 편안해지는 것이다.

한편 여자는 누군가와 마주보고 앉는 건 괜찮지만 옆에 앉으면 불안해했다. 덧붙이자면 길을 지나가다 맞은편에서 모르는 사람이 다가오면 남자는 고개를 숙이거나 시선을 돌린 채 얼른 지나가버린다.

여자는 그런 상황은 아무렇지 않게 넘기지만 모르는 사람과 나란히 걷게 되는 상황이 오면 걸음걸이를 일부로 늦추거나 빠르게 해서 그 상황을 피해버리곤 한다.

드라이브 데이트는 가급적 짧게

남자는 왜 호감 있는 여자와 드라이브하기를 좋아할까?

여자가 조수석에 앉으면 정면으로 마주할 일이 없어서 편하기 때문이다.

남자는 서로 마주보고 시선을 교환하는 상황 자체가 불편하다.

남자는 서로 마주보고 시선을 교환하는 상황 자체가 불편하다. 상대에게 자기 모습이 정면으로 보이는 게 부담스러워 옆에 나란히 앉기를 바란다. 따라서 드라이브는 남자 심리에 안성맞춤인 데이트인 셈이다.

문제는 옆에 앉는 상황을 여자가 그다지 선호하지 않는다는 점이다. 여자는 마주보기를 좋아해서 남자친구가 생기면 카페 등에서 서로 눈을 마주치며 대화를 나누고 싶어 한다.

그러니 남자들이여, 드라이브 데이트를 하더라도 여자를 배려해 적당히 시간을 조절하도록 하자.

TIP

나란히 앉는 남자에게

"옆에 앉아도 돼?"
좋아하는 남자와 데이트할 때는
슬쩍 옆으로 가자.

마주 보고 앉는 여자에게

"마주보고 있으니 왠지 쑥스럽네."
부끄럽지만 용기를 내서
마주보고 있음을 어필하자.

문자가 못 미더운 남자
VS
문자가 친근한 여자

일상적인 연락을 좋아하는 여자

여자는 누군가와 시종일관 연결되어 있기를 원한다. 이를 위해 하루에도 몇 번씩 지인들에게 문자를 보낸다.

반면 남자는 필요할 때만 문자를 한다. 용건도 없는데 연락을 자주 하는 게 귀찮기 때문이다.

사귀는 동안에 하루라도 연락이 뜸해지면 서운해하는 여자는 많다. 하지만 남자는 애당초 일상적인 연락 자체를 좋아하지 않는다.

미국 카네기멜론 대학교의 번카 보네바 교수가 남녀의 메일 사용

빈도를 4년간 연구한 결과 여자가 남자보다 연락수단으로 메일을 빈번하게 사용한다는 사실을 밝혀냈다.

메일을 자주 쓰는 여자는 72%인 반면 남자는 32%에 불과했다.

여자는 메일만으로 충분히 소통이 이루어진다고 여겼다. 그러나 남자는 메일보다 직접 만나 대화하기를 선호했다.

이처럼 소통수단에서도 남녀는 뚜렷한 차이를 보인다.

남자가 보내는 메일 내용이 다소 무미건조하게 느껴진다면 그가 메일이라는 연락수단 자체를 선호하지 않는 탓이다. 남자는 메일을 보내느니 차라리 직접 만나 얘기하는 편이 낫다고 생각한다.

물론 남자도 업무상 메일을 사용한다. 편리하기 때문이다. 그러나 친구나 애인 등 사적으로 친밀한 사이에는 즐겨하지 않는다. 필자도 업무용 메일은 자주 쓰지만 사생활에서는 거의 쓰지 않는다.

반면 여자는 문자나 메일을 상대와 유대감을 쌓기에 더없이 편리한 수단으로 여긴다. 직접 만나지 않아도 문자나 메일을 주고받으며 충분히 심리적인 친밀감을 느끼기 때문이다.

남자보다 두 배 이상 사진을 즐기는 여자

여자는 사진 찍는 것을 좋아한다. 그래서 늘 남을 찍어주고 자기도 즐겨 찍는다.

일례로 게임장에 놓인 스티커 사진기를 보라. 늘 여자들 차지다. 가끔 남자도 보이지만 애인에게 억지로 끌려온 경우가 태반이다. 나는 남자들끼리 스티커 사진을 찍는 걸 본 적이 거의 없다.

여자들은 만나면 기본 코스처럼 함께 사진을 찍지만 남자들은 아니다. 그들이 함께 사진을 찍는 건 단체 여행에서 기념사진을 찍을 때뿐이다.

영국 레스터 대학교의 안 콜리 교수는 대학생 180명을 대상으로 문자를 보낼 때 얼마나 자주 사진을 첨부하는지 물어봤다. 그 결과, 여자는 남자보다 약 두 배 이상 사진 첨부 문자를 사용했으며, 특히 여자들끼리 문자를 보낼 때 사진을 첨부하는 비율이 월등히 높았다.

"여자는 왜 그렇게 사진을 잔뜩 찍을까?"

"스티커 사진 모으는 게 그렇게 재미있나?"

남자는 사진찍기를 좋아하는 여자가 도통 이해가 가지 않는다.

그도 그럴 것이, 사진찍기는 남녀 사이에 의미가 다르다. 함께 사진을 찍는 행위는 여자에게 친밀감을 나눈다는 의미가 있다.

그러므로 남자들이여, 여자가 함께 사진찍자고 제안하면 군말 말고 기쁘게 응해주시라. "난 사진은 별로야"라며 딱 잘라 거절해버리는 남자와 친해지려는 여자는 세상에 없다.

'빙긋 미소짓기'에 익숙해지자

사진을 자주 찍지 않는 만큼 남자는 사진 찍는 걸 낯간지러워한다.

실은 나도 처음에는 카메라 렌즈를 향해 환하게 미소짓기가 이만저만 어색한 게 아니었다.

그러나 사진도 여러 번 찍으면 익숙해지게 마련이다.

"사진 따위 절대 안 찍어!"라며 정색하던 사람도 자주 찍다 보면 거부감이 사라진다.

배우나 가수들 중에는 갓 데뷔할 당시 사진 찍히는 게 큰 곤욕이었던 사람도 많지만 시간이 지나면 잘 나오는 포즈도 생기고 익숙해진다.

처음엔 어색해도 일단 참고 몇 번 찍다 보면 누구나 편안해질 테니 용기를 내보자.

TIP

문자가 못 미더운 남자에게

"만나서 얘기하자."
할 말이 있으면 직접 만나서 얘기하자.

문자가 친근한 여자에게

"무슨 일 있으면 연락해."
늘 연락을 주고받으며 가까워지자.

혼자이고 싶은 남자
VS
함께이고 싶은 여자

프라이버시를 중시하는 남자

남자는 고독을 즐기는 동물이다.

여자는 누군가와 함께 있고 싶은 욕구가 강하지만 남자는 반대다.

홀로 있을 때 여자는 외롭지만 남자는 편안하다.

미국 브리검 영 대학교의 달 페데르센 교수는 학생들을 대상으로 "여러분은 혼자만의 시간을 즐기는가?"라는 질문을 했다. 그 결과, 남자가 여자보다 "그렇다"는 대답이 많았다.

여자는 남자보다 가족이나 친구 등 친한 사람과 함께 있고 싶은 욕구가 강했다.

아울러 페데르센 교수는 남자가 여자보다 프라이버시 관념이 강하다는 사실을 확인했다.

다음과 같은 상황을 상상해보자.

여자가 무심코 남자친구 휴대폰을 열어서 내용을 읽었다. 이를 본 남자친구가 정색하며 화를 낸다. 여자는 속으로 '찔리는 게 있으니 저렇게 화를 내지' 하며 더욱 의심을 키우고 둘은 감정싸움으로 치닫는다.

이것이야말로 남녀 사이의 심리 차이로 벌어지는 흔한 오해다. 남자는 여자가 생각하는 이상으로 남이 자기 물건을 건드리는 행위 자체를 용납하지 못한다. 남자는 '자기 영역'을 무엇보다 중시하고 남으로부터 그것을 존중받길 원한다. 설령 상대가 사랑하는 사람일지라도 그렇다.

자기만의 동굴에 틀어박히는 남자

자기 서재에 가족들도 들어오지 못하게 하는 남편들이 있다. 결혼을 했어도 남자 특유의 '자기 영역'에 대한 집착이 사라지지 않기 때문이다.

여자들은 스스럼없이 서로 물건을 빌리고 빌려주지만 남자들은

승려처럼 깊은 산속에 틀어박혀도

얼마든지 혼자 지낼 수 있는 게 남자다.

그러나 여자는 기본적으로 은둔 자체를 그다지 좋아하지 않는다.

다르다.

설령 볼펜 한 자루, 지우개 하나라도 자기 물건에 남이 손대면 질색한다.

남자가 왜 그토록 고독을 즐기고 프라이버시를 중시하는 걸까?

이는 사냥을 하면서 경쟁을 벌이던 본성이 남아있기 때문이다.

여자에게 인간이란 서로 돕는 내편 혹은 동료지만, 남자에게는 언제 자기를 위협할지 모르는 적이며 경쟁자다. 무턱대로 다가갔다가 피해볼지도 모른다는 경계심이 남자들 마음속 깊이 존재하기 때문이다. 이것이 그들이 가급적 혼자 있기를 택하는 이유다.

승려처럼 깊은 산속에 틀어박혀도 얼마든지 혼자 지낼 수 있는 게 남자다. 그러나 여자는 기본적으로 은둔 자체를 그다지 좋아하지 않는다.

TIP

혼자이고 싶은 남자에게

"오늘은 혼자 여유롭게 보내."
가끔은 남자에게 혼자만의 시간을 주자.

함께이고 싶은 여자에게

"이거, 함께해보지 않을래?"
하고 싶은 일이 생기면 상대에게
적극적으로 제안해보자.

당당하게 요구하는 남자 VS 속으로 인내하는 여자

같은 일을 하는 남녀가 임금이 다른 이유

같은 회사, 같은 직급임에도 여자가 남자보다 임금이 낮은 경우가 많다. 왜일까? 가장 큰 이유로 여자가 직장에서 받는 각종 불이익과 차별을 들 수 있다. 그런데 심리학적 관점에서 보면 다음과 같은 이유도 있다. 바로 여자의 속성상, 남자에 비해 임금협상에 집요하지 않다는 사실이다.

미국 메릴랜드 대학교의 신시아 스티븐스 교수는 여자 연봉이 남자보다 낮은 까닭으로 연봉협상에 임하는 소극적인 자세를 지적했다.

"이 정도 수준으로는 결코 만족 못합니다! 더 인상해주세요!"

"연봉에 제 업무성과를 제대로 반영해주십시오!"

남자는 실적과 상관없이 공격적으로 임금 인상을 요구한다. 그 결과, 회사 측에서 마지못해 임금을 올려주는 경우도 적지 않다.

"우는 아이 떡 하나 더 준다"는 속담처럼 적극적으로 원하는 바를 주장해야 많은 이익을 가져오는 법이다. 그것이 협상의 본질이다. 조금도 물러서지 않고 이판사판으로 달려드니 회사에서는 꼭 필요한 사원이라면 어느 정도 인상을 각오하고 협상에 나선다.

그런데 여자는 심성이 너무 착하다.

속으로는 자신의 상품가치를 어필하고 임금인상을 요구하고 싶지만, 행여나 서로 감정이 상할까 걱정한다. 여기에 스스로를 과소평가하는 성향도 한몫을 한다. 그 결과, 여자는 서로 얼굴을 붉히며 서먹해지느니 차라리 회사 측에서 제시하는 임금이 예상에 못 미쳐도 묵묵히 받아들이고 만다.

울고 떼쓰는 남자의 속마음

스티븐스 교수는 여자가 만족할 만한 수준의 임금을 받으려면 사전에 '협상 훈련'을 철저히 익혀서 실전에 활용해야 한다고 주장한다. 아이들 세계도 이와 비슷하다. 남자아이가 여자아이보다 장난감이 많은 건 남자아이가 툭하면 울고 떼쓰기 때문이다.

백화점 장난감 코너를 가본 적이 있는가? "이거 사줘! 사달란 말이야!" 하며 남자아이가 바닥에 벌렁 드러누워 울부짖으면 부모는 속으로 부글부글 끓을지언정 다른 사람 보기 민망해서라도 장난감을 사주고 만다. 남들이 보든 말든 막무가내로 울고불고 보채는 아이들 앞에서 대부분 부모는 두 손 두 발 다 드는 것이다.

그런데 여자아이는 어떨까? 원하는 장난감이 있어도 남자아이처럼 떼쓰고 매달리는 경우는 좀처럼 드물다.

여자는 어려서부터 얌전하고 차분한 태도를 취하도록 길들여진다. 때문에 어른이 되어서도 남자보다 자기 욕구를 참는 데 익숙하다.

부모가 딸을 차별해서 장난감을 덜 사주는 게 아니다. 그저 아들이 시끄럽게 떼쓰면 민폐가 되니 울며 겨자 먹기로 사주는 것이다.

임금협상도 마찬가지다. 여자가 한 치의 양보도 없다는 자세로 끈질기게 요구한다면 협상에 임하는 회사의 태도도 달라질 테고 결과적으로 원하는 임금 수준에 다가갈 확률이 높아지지 않을까?

남자는 주위에서 눈살을 찌푸리든 말든 원하는 걸 얻을 때까지 악착같이 달려든다. 여자는 주위를 의식하는 성향과 타고난 심성 때문에 손해 보는 일이 많은데 평소에 남자의 '울고 떼쓰기' 신공을 익혀 둘 필요가 있다고 생각한다.

남자는 주위에서 눈살을 찌푸리든 말든
원하는 걸 얻을 때까지 악착같이 달려든다.

TIP

당당하게 요구하는 남자에게

"그 대신 OO하는 건 어떨까요?"
설득할 때는 대안도 함께 제시하자.

속으로 인내하는 여자에게

"혹시 불편한 일 없어요?"
겉으론 괜찮아 보여도 속으로
스트레스가 쌓일 수 있음을 명심하자.

돈을 원하는 남자 VS 사람을 원하는 여자

인간관계 스트레스에 민감한 여자

'세 가지 부탁'이라는 심리 테스트가 있다.

내용은 다음과 같다.

"만일 당신이 원하는 것 세 가지를 얻을 수 있다면?"

이렇게 질문한 뒤 당사자가 어떤 대답을 하는지 보면 숨겨진 욕구를 파악할 수 있다.

직설적으로 "당신은 무엇을 원하는가?"라고 질문하면 솔직히 본심을 털어놓을 사람이 별로 없다. 오히려 경계하고 입을 다물어버릴

돈을 향한 욕망이 무엇보다 강한 게 남자라면
자신을 좋아하고 자신이 좋아하는 사람들에게
둘러싸여 살기를 바라는 건 여자다.

가능성이 높다. 하지만 '만일'이라는 조건을 붙여 가정법으로 물어보면 자기도 모르게 속내를 발설해버린다. 이런 심리를 이용한 것이 '세 가지 부탁'이라는 테스트다.

켄터키 대학교의 빌 에이블스 교수는 이 '세 가지 부탁' 테스트를 실시해 남녀 간의 욕구가 얼마나 다른지 알아봤다.

그러자 흥미로운 차이점이 발견됐다.

남녀의 답변을 정리해 평균을 내보니 남녀가 첫 번째로 원하는 것은 집이나 차 등 '물질적인 부분(남자 44%, 여자 38%)'이었고 두 번째로 남자는 '돈', 여자는 '사람(애인이나 친구)'이었다.

남자는 더 많은 돈을 원한다.

여자는 더 많은 사람을 원한다.

돈을 향한 욕망이 무엇보다 강한 게 남자라면 자신을 좋아하고 자신이 좋아하는 사람들에게 둘러싸여 살기를 바라는 건 여자다.

월급이 많다면 돈을 제일 따지는 남자는 주저 없이 선택한다.

그런데 여자는 문제가 조금 복잡해진다. 월급이 많으면 물론 좋겠지만 회사 사람들과 원만히 지낼 수 있는지도 살펴봐야 하기 때문이다.

남녀 차이를 알면 직장 문제도 해결된다

남자는 직장에 다소 껄끄러운 사람이 있어도 돈만 많이 번다면 그 사람을 가볍게 무시할 수 있다. 그런데 여자는 아무리 돈을 많이 벌어도 인간관계가 힘들면 회사를 그만둘 생각까지 한다.

이를 두고 "근성이 부족하다"거나, 다른 이유를 들어 못마땅해한다면 인간관계를 중시하는 여자의 속성에 무지한 것이다.

남자는 눈에 보이는 '물질'을 우선하고 여자는 눈에 보이지 않는 '친밀감'을 우선한다.

이런 차이를 안다면 직장에서 일어나는 동일한 상황에서 남녀의 행동이 달라지는 이유도 이해할 수 있을 것이다.

돈을 원하는 남자에게

"임금은 어느 정도를 원하나요?"
임금협상은 단도직입적으로 물어보자.

사람을 원하는 여자에게

"회사 사람들과 사이는 괜찮은가요?"
인간관계를 우선시하는 성향을
염두에 두자.

눈치 없는 남자 VS 센스 있는 여자

유독 남자가 많이 혼나는 이유

여자는 다른 사람 기분을 읽고 적절히 대응하는 센스가 뛰어나다.

"이렇게 하면 상대가 좋아할 거야."

이렇게 예측해서 행동하는 것은 대개 여자다.

코넬 대학교의 유리 브론펜브레너 교수는 어느 초등학교 5학년을 대상으로 평소 얼마나 어른을 의식하고 행동하는지 알아보는 설문 조사를 실시했다.

그 결과, 어른(부모나 선생님)에게 인정받을 만한 행동을 예측해서 실행하는 쪽은 주로 여학생이었다.

여자는 초등학생부터 이미 상대가 좋아할 행동을 미루어 짐작한다.

학교에서 눈치가 있고 행동이 바른 쪽은 대부분 여학생이다. 때문에 웬만해서는 선생님에게 꾸중들을 일은 하지 않는다.

반면 혼날 게 불 보듯 뻔한데도 기어이 말썽을 부리고 혼나는 쪽은 대부분 남학생이다. 여학생은 수업 중에 떠들고 장난치면 선생님 기분이 나빠져서 혼날 거라는 걸 알기에 얌전히 수업을 받는다. 집에서도 마찬가지다. 늘 주변을 잘 살피고 다른 사람 마음을 헤아려서 눈치 있게 행동한다.

여자의 센스도 능력

여자의 센스는 직장에서도 빛을 발한다. 여자는 "이제 모두 목이 마를 때가 됐을 거야" 하고 짐작해 솔선해서 차나 커피를 준비한다.

중요한 고객이 방문할 예정이면 누가 시키지 않아도 청소를 하거나 예쁜 꽃을 장식해두는 등 여자는 세세한 부분까지 신경을 쓴다.

유감스럽게도 남자들은 그런 눈치가 부족하다. 수학은 곧잘 하면서도 사회생활에서 필요한 계산 능력은 떨어진다.

남자는 자기가 보기에 아무 상관없으면 그냥 신경을 꺼버린다. 누

여자의 센스는 직장에서도 빛을 발한다.
여자는 "이제 모두 목이 마를 때가 됐을 거야" 하고 짐작해
솔선해서 차나 커피를 준비한다.

가 어떻게 생각하든 내 알 바 아니라는, 좋게 말하면 넉살좋고 나쁘게 말하면 뻔뻔한 마인드를 갖고 있는 것이다.

그런 남자에게 눈치나 센스를 바라는 건 지나친 욕심이지 않을까?

눈치 없는 남자에게

"OO하는 편이 어때요?"
남자가 눈치 없이 행동한다면
옆에서 슬쩍 조언해주자.

센스 있는 여자에게

"지난번에 신경써줘서 고마웠어요."
사소한 도움이라도
그때그때 제대로 표현하자.

서열에 목숨 거는 남자
VS
서열에 무덤덤한 여자

서열에 그다지 구애받지 않는 여자

남자는 서열을 의식하는 존재다.

낯선 개들이 산책 중에 우연히 만나면 서로 엉덩이 냄새를 킁킁거리면서 상하관계를 확인하려 든다. 남자라는 동물도 이와 비슷한 구석이 있다.

남자는 어디에서든 자신이 남들보다 우위에 서야 직성이 풀린다. 여자가 보면 "도대체 왜 저럴까?" 하고 싶을 만큼 사소해 보이는 일에서조차 남자는 서열에 목숨 건다.

이를테면 진급이 그렇다.

남자는 중학교에서 고등학교, 혹은 대학교로 올라가는 과정에서 한 학년만 올라가도 뿌듯해한다. '진급=서열 상승'인 것이다. 하지만 여자는 학년이 올라간다고 행복해지는 일은 없다.

미국 뉴욕 주에 있는 바사 대학교 아니 콘스탄티노플 교수는 학년이 올라갈수록 남자의 행복감도 올라간다는 사실을 증명했다. 그가 수많은 남녀 대학생을 1학년부터 4학년까지 추적 조사한 결과, 남자는 학년과 행복도가 비례했다.

1학년에서 2학년으로 올라가고, 중학교에서 고등학생, 혹은 대학생이 될수록 남자는 지위와 힘이 강해졌다고 여긴다. 서열이 올라갔으니 행복해지는 것이다.

참고로 여자는 학년과 행복도 사이에 별다른 상관관계가 없었다.

학년이 올라갈수록 기세등등해지는 남자 새내기

남자가 대학 신입생이 되면 '초짜, 햇병아리, 풋내기' 등으로 불리며 서열 최하위 대우를 받는다. 이는 남자에게 엄청난 스트레스 요소로 작용한다.

남자들의 행복도는 학년이 올라갈수록 덩달아 올라가다가 사회에 진출해 신입사원이 되면 다시 곤두박질친다. 그러다 연차가 쌓여 가

여자는 팔걸이를 쓰지 않아도 크게 개의치 않는다.

면 다시 행복도가 올라간다.

이처럼 남자는 여자보다 연공서열에 훨씬 민감하다.

아무리 강인하고 자신만만한 남자라도 이직 후 다시 1년차가 되면 새로운 일터에서 주눅이 든다. 설상가상 자기보다 나이 어린 선배라도 있으면 그 굴욕감은 이루 말할 수 없을 정도다.

학년이나 연차가 올라가는 것만으로 행복도가 높아진다니 어찌 보면 남자란 참으로 단순하고 속편한 존재다.

재미있게도 여자는 오히려 학년이나 연차가 올라갈수록 "또 나이만 한 살 더 먹었네" 하고 푸념하며 행복도가 내려간다고 한다.

얘기가 잠시 벗어나지만, 비행기나 기차를 타면 좌석 사이에 팔걸이가 있다.

팔걸이는 두 좌석이 나란히 공유하므로 어느 쪽이 사용해도 좋다.

그런데 남녀가 나란히 앉을 때 팔걸이를 사용하는 건 어느 쪽일까?

미국 뉴욕 주에 있는 세인트 보나벤처 대학교 도로시 하이 교수는 비행기 승객 832명 중 남자와 여자가 나란히 앉아 가는 조합만 뽑아 누가 팔걸이를 사용하는지 관찰했다.

그 결과는 남자가 팔걸이를 독점하는 비율이 67%, 여자는 13%였다.

혹여 어느 독자는 이렇게 생각할지 모른다.

'남자가 여자보다 몸집이 크니 같은 좌석이라도 비좁게 느껴져 자연스럽게 팔걸이를 사용하는 게 아닐까?'

하이 교수도 비슷한 생각을 했다. 그래서 다음번에는 남녀 사이에 체격 차이가 적은 조합으로 다시 분석했다. 그랬더니 이때도 팔걸이 사용 비율은 3:1로 남자가 세 배 더 많았다. 남녀가 나란히 앉았을 때 남자가 팔걸이를 사용할 확률은 75%에 이른다는 결론이 나왔다.

하이는 공항에 도착해 내리는 승객들에게 왜 팔걸이를 사용했는지 질문했다. 그러자 남자의 92%가 "팔걸이를 다른 사람에게 뺏기면 불쾌하니까"라고 답했다.

자기 영역을 침해받지 않으려는 남자

남자에게 팔걸이는 단지 양 팔을 쉬게 하는 도구가 아니라 그 장소를 온전히 지배한다는 의미를 지닌다. 따라서 팔걸이를 차지하면 자신이 강하고 대단한 사람이 된 듯한 기분이 든다. 반대로 팔걸이를 옆 사람에게 뺏기면 우위를 상실한 느낌이 들어 못마땅하다.

여자는 팔걸이를 쓰지 않아도 크게 개의치 않는다. 팔걸이를 쓴다고 의기양양하지도 팔걸이를 뺏겼다고 낙담하지도 않는다.

남자는 프라이버시를 중시하기 때문에 모르는 사람이 가까이 다가오면 자기 영역을 침해받았다고 여겨 거부감을 느낀다.

이런 맥락에서 보자면 팔걸이를 향한 남자의 집착을 다음과 같이 해석할 수도 있다. 즉 팔걸이에 팔을 올려서 자기 영역에 옆 사람이 끼어들지 못하도록 미리 선수를 친다고 말이다.

서열에 목숨 거는 남자에게

"선배님께 드릴 말씀이 있습니다."
부탁할 때는 은연중에
공적인 서열을 드러내자.

서열에 무덤덤한 여자에게

"같은 동료로서 이것 좀 부탁할 수 있을까요?"
부탁할 때는 동질감을 어필하자.

보상에 집착하는 남자
VS
보상에 초연한 여자

보상 없이 일하지 않는 남자

남자는 스스로 노력해서 무언가를 성취하면 그에 걸맞은 보상을 원한다. 보상 없는 노동은 일체 사양이다. 모처럼 생긴 휴일에 열심히 그림을 그리면 그것을 출품해 상을 받길 바라고, 열심히 일하면 그것을 인정받아 출세하길 원한다. 그게 남자들의 속성이다.

그런데 여자는 어떤 행위에 대한 보상을 남자만큼 기대하지 않는다. 설령 노력해서 그에 상응하는 보답을 받지 못해도 거세게 항의하는 일은 드물다.

미국 사우스캐롤라이나 주에 있는 클렘슨 대학교의 티모시 서머스 교수는 사람들에게 "노력한 만큼 임금을 받지 못하면 어떤 기분이 드는가?"라고 물어봤다.

그러자 남자는 "노력에 비해 저조한 임금은 도저히 참을 수 없다"라고 답한 비율이 높았다.

남자는 노력에 대한 보답을 받지 못하면 그냥 넘기지 못한다. 곧바로 업무태도가 불량해지거나 의욕을 상실하기 십상이다. "낮은 임금만큼만 일하겠다"는 심보 혹은 자기 노고를 인정하지 않은 회사에 대한 복수라고나 할까?

한편 여자는 노력만큼 보답받지 못해도 노발대발하거나 조목조목 반박하는 일은 드물다. 안타깝지만 그런 상황에 익숙하기 때문이다.

전통적으로 육아와 가사는 주로 여자들 몫이었다. 그런데 이런 일은 아무리 열심히 노력해도 티도 안 날뿐더러 누가 알아주지도 않는다. 그럼에도 대다수의 여성들은 오랜 세월 동안 묵묵히 참고 견뎌왔다. 노력에 대한 보답을 받지 못해도 순응하는 태도는 이런 맥락에서 기인한다.

반면 오랫동안 남자는 여자보다 많은 혜택을 누려왔기 때문에 노력에 상응하는 보상을 당연히 받아야 한다고 여긴다. 자기가 이만큼 노력했으니 보너스, 연봉인상, 공개적인 칭찬 등 받을 수 있는 모든

남자는 스스로 노력해서

무언가를 성취하면 그에 걸맞은 보상을 원한다.

걸 다 받아야 성이 찬다. 이럴 때 보면 남자야말로 야무진 실속파다.

여자는 여러 사람 앞에서 공개적으로 상을 받는 것조차 어색하고 민망해서 손사래를 친다.

고등학교 시절, 필자가 알던 여학생은 늘 성적이 우수해서 성적표가 나오면 선생님께 이름이 불려나가 박수를 받곤 했다. 그럴 때마다 얼굴이 새빨개지고 부끄러워 어찌할 바를 몰라 했는데 결국 그녀는 공개적으로 칭찬받기 부담스럽다며 일부러 낮은 점수를 받기도 했다. 당시 어떻게든 남들 눈에 띄고 싶어 안달이던 필자는 도무지 이해할 수 없었다.

여자는 그런 면이 있다. 노력은 하되 인정 욕구는 남자보다 적다. 오히려 공로를 인정하고 거창한 이벤트를 열면 유난스럽다며 한사코 사양하는 경향이 있다.

내숭은 여자의 전유물

일본 속담 중 "고양이를 뒤집어쓰다"라는 말이 있다. 본성을 숨기고 점잖고 얌전히 행동한다는 의미인데 속된 말로 내숭을 떤다는 뜻이다.

말썽꾸러기 남자아이도 낯선 사람 집을 방문하면 장난치고 싶은 마음을 꾹 참고 가만히 앉아있을 때가 있지만 기본적으로 이 표현은 여자에게 주로 쓴다.

고양이는 평소에 날카로운 손톱을 숨겨둔다. 늘 차분하고 얌전하지만 일단 폭발하면 뾰족한 손톱을 세우고 인정사정없이 상대를 할퀸다. 이런 고양이 모습은 어딘가 여자와 닮았다.

미국 펠스 리서치 연구소의 버지니아 크랜들은 초등학교 4학년부터 고등학교 3학년까지 1,000명이 넘는 남녀에게 평소에 사회적인 기술을 사용하는지 조사했다.

요컨대 다른 사람 앞에서 얼마나 자기 언행에 신경 쓰고 나쁜 인상을 남기지 않도록 주의하는지 그 여부를 알아본 것이다.

그러자 여자는 나이를 가리지 않고 일관되게 점잖고 어른스럽게 말하고 행동하도록 신경 썼다.

"이렇게 말하면 다른 사람이 어떻게 생각할까?"

"이렇게 행동하면 무례해 보이지 않을까?"

이처럼 여자는 어릴 적부터 일일이 자기 언행을 살피며 남들에게 부정적인 인상을 주지 않도록 노력한다. 이것이 속마음을 숨기고 시치미를 떼는 일명 '내숭'이 여자의 기술처럼 여겨지는 이유다.

본능에 솔직한 남자

간식 시간에 선생님이 아이들을 둘러보며 말한다.

"마지막으로 과자 하나 남았는데 이거 먹을 사람?"

"저요! 저요!"

손을 들며 고함을 질러대는 건 남자아이다.

남자는 단순히 '과자를 먹고 싶다'는 욕구에 솔직하다.

그러나 여자아이는 다르다.

'나도 먹고 싶지만, 손들면 먹보라고 놀림받을지도 몰라.'

이렇게 생각한 여자아이는 결국 손을 올리지 않는다.

여자아이는 어릴 때부터 자기 행동이 주변 사람에게 어떻게 보일지 신경 쓰면서 행동한다. 남자아이는 사춘기를 맞이할 무렵에야 조금씩 신경 쓰기 시작하지만 여자아이만큼 치밀한 계산을 하기엔 역부족이다.

TIP

보상에 집착하는 남자에게

"수고했어요(모두가 있는 앞에서)!"
공로는 공개적으로 인정하고 칭찬하자.

보상에 초연한 여자에게

"수고했어요(나중에 뒤에서)!"
내색하지 않아도
공로를 인정하고 있음을 알려주자.

물건을 기억하는 남자
VS
사람을 기억하는 여자

단순한 지식을 모조리 기억해내는 남자

남자는 단순한 지식을 머리에 채우는 데 능숙하다. 어릴 적 기차역이나 프로야구 선수 이름을 몽땅 외우고 도감에 실린 수천마리 곤충 이름을 술술 읊어대는 건 대개 남자다.

남자는 다른 사람에겐 아무 상관없더라도 자기가 좋아한다면 무엇이든 척척 기억해낸다. 그런 의미에서 보면 단순 지식을 기억하는 능력은 남자가 우수하다고 할 수 있다.

일반적으로 중학교까지는 여학생이 남학생보다 성적이 좋다. 그런데 고등학교 무렵부터는 성적이 수직 상승해 여학생을 추월하는 남학생이 생기기 시작한다.

여학생은 어릴 때 흥미가 없어도 부모 기대에 부응하고자 공부를 열심히 한다. 그래서 초등학교나 중학교에서 모범생은 주로 여학생들이다. 그런데 고등학교에 진학하면 자신이 좋아하는 과목을 무섭게 파고드는 남학생이 늘어난다. 관심이 생기면 기억력도 빛을 발하므로 자연스럽게 성적도 올라가는 게 아닐까 싶다.

그렇다고 오해는 하지 마시라. 절대로 여자가 남자보다 기억력이 낮다는 게 아니다.

단지 여자가 기억력을 발휘하는 영역이 남자와 다르다는 얘기다.

기계 매뉴얼이나 전산코드 등 업무에 사용되는 단순 기호와 숫자를 기억하는 능력은 여자가 약한 편이다.

그런데 여자가 남자보다 월등한 기억력을 발휘하는 영역이 있다.

"OO 부장님, 삼일 전에 베이지색 재킷을 입지 않았어?"

"그랬나? 잘 기억 안 나."

"지난주 화요일에 미용실에서 머리 자른 것 같지?"

"글쎄, 잘 모르겠는데."

이처럼 사람에 관한 기억력은 남자가 도저히 여자를 따라가지 못한다.

관찰력이 탁월한 여자

노스이스턴 대학교의 마리안 마스트 교수는 흥미로운 실험을 했다. 마스트 교수는 남자 2명, 여자 3명으로 이루어진 집단이 최신 영화를 주제로 대화를 나누는 장면을 촬영한 다음 그 영상을 남녀 대학생 592명에게 보여줬다.

영상 재생은 고작 20초, 그야말로 찰나의 순간이었다. 화면이 끝나자 마스트 교수는 사람들이 등장인물을 얼마나 기억해내는지 물었다. 머리 모양, 옷차림, 옷 브랜드, 구두, 화장, 액세서리 등등.

그 결과, 여자는 외모적 특징의 세세한 부분까지 떠올렸다.

남자는 거짓말처럼 아무것도 기억하지 못했다.

여자는 사람을 볼 때 구석구석 꼼꼼하게 관찰하는 경향이 있다.

"눈꼬리에 주름이 두 개가 있어."

"옷소매 끝자락이 살짝 지저분하네."

"넥타이에 미세한 얼룩이 보여."

사람을 관찰할 때면 여자의 머릿속에 기억력 스위치가 켜지는 걸까? 아무튼 뛰어난 관찰력이 기억력으로 이어지는 듯하다.

물건을 기억하는 남자에게

"이 제품을 어떻게 생각하나요?"
거래처와 일할 때
물건에 중점을 두자.

사람을 기억하는 여자에게

"그 담당자는 어떤 사람이었어요?"
거래처와 일할 때
인간관계에 중점을 두자.

외국인에게 소극적인 남자
VS
외국인에게 적극적인 여자

스스럼없이 외국인과 교류하는 여자

외국인이 말을 걸면 곤혹스러워하는 사람이 많다. 특히 남자들이 그렇다.

학창시절 줄곧 영어를 배웠지만 막상 외국인과 대화를 나눌 때면 긴장해서 횡설수설한다. 필자 역시 외국인과 대화를 나눌 상황은 가급적 피하고 싶다. 길을 헤매는 외국 여행객이 보여도 용기 내어 다가가지 못한다. 한심한 노릇이다.

실은 남자가 여자보다 내성적이다. 낯선 사람과의 교제가 부담스럽고 내키지 않는다. 상대가 외국인이면 더더욱 그렇다.

미국 오하이오 주에 있는 아크론 대학교의 양 린 교수는 17세부터 53세까지의 남녀에게 "외국인과 교류하기를 원하는가?"를 물었다.

그 결과, 여자는 흔쾌히 그렇다고 답했고 남자는 되도록 하기 싫다고 답했다.

싫은 이유를 묻자 '긴장돼서'라는 답이 압도적으로 많았다.

전 세계를 누비며 활약하는 이미지는 여자보다 남자가 강하지만 실제로 외국인과 친하게 교류하는 건 여자가 많다.

해외지사로 발령받는 남자는 회사의 지시를 거역하지 못해 울며 겨자 먹기로 나가지만, 여자는 다양한 문화를 지닌 사람들과 사귀고 싶어 적극적으로 해외 발령을 지원한다.

해외에 나가서도 남녀의 태도는 사뭇 다르다. 남자는 좀처럼 현지인과 섞이려는 노력을 하지 않는 반면 여자는 외국인과 금세 친구가 된다. 해외에 아무리 오래 머물러도 허물없는 외국인 친구를 만들지 못하는 남자에 비해 여자는 어디에서도 힘들이지 않고 척척 인맥을 넓혀나간다.

같은 민족에게조차 소극적인데 하물며 상대가 외국인이면 더욱 위축되고 소심해지는 게 당연하다.

영어를 배우는 것도 좋지만 우선은 자기 나라 사람과 적극적으로

여자는 누군가와 연결되어 있기를 바란다.
그래서 온라인으로 사회적 관계망을 구축해주는 서비스인
SNS를 적극적으로 활용하는 것도 주로 여자다.

교류하자.

아무리 영어가 유창한들 자기 나라 사람과도 잘 사귀지도 못하면서 다른 나라 사람과 잘 사귄다는 건 어불성설이다.

영어에 서툴러도 열린 마음으로 나서면 외국인과 소통할 수 있다.

해외여행에서 만나는 할머니들은 자국어로도 외국인과 스스럼없이 대화를 나눈다. 남자는 이런 자세를 배울 필요가 있다.

SNS로 소통하는 여자

여자는 누군가와 연결되어 있기를 바란다. 그래서 온라인으로 사회적 관계망을 구축해주는 서비스인 SNS를 적극적으로 활용하는 것도 주로 여자다.

워싱턴 대학교의 말콤 팍스 교수는 15세부터 57세까지 무작위로 선택한 남녀를 대상으로 인간관계를 맺는데 SNS를 얼마나 활용하는지 설문조사를 실시했다. 그 결과, 적극적으로 SNS를 활용한다는 대답은 남자가 54.5%, 여자는 72.2%였다.

여자는 낯선 사람이라도 별다른 거부감 없이 온라인 친구를 맺고 활발하게 교류했다.

하지만 남자는 신원을 모르는 상대와 소통하는 데 거부감을 느꼈다. 때문에 지인을 통해 소개를 받는다거나 직접 만나는 고전적 방식으로 인맥 쌓기를 상대적으로 선호했다.

높은 산을 보는 남자, 사람의 바다로 향하는 여자

흔히 우리는 남자하면 모험심 강하고 미지의 땅으로 거침없이 나아가는 진취적인 이미지를 떠올린다. 그러나 새로운 사람과 교류하는 면에서 보면 남자는 여자보다 소심하고 겁쟁이다. 최소한 인간관계에서 만큼은 여자가 훨씬 대담하고 배짱이 두둑하다.

누구도 올라간 적 없는 높은 산에 전력을 다해 올라가는 남자지만 사람의 바다에 풍덩 빠지기는 두려워한다.

프로레슬러처럼 체격이 건장한 남자도 모르는 사람 앞에서는 얌전한 고양이처럼 온순해진다. 이는 기본적으로 남자가 사람을 사귀는 데 서툴고 오래 걸리기 때문이다.

대규모 사교모임에서 여자는 처음 본 사람에게 거리낌 없이 말을 걸고 금세 친해지지만, 남자는 좀처럼 무리에 끼지 못하고 꿔다 놓은 보릿자루처럼 겉돌기 일쑤다.

나는 대학에서 학생들을 가르치는데 수업을 하러 교실에 들어가면 대부분 여학생은 다른 친구들과 수다를 떨고 있다. 그런데 남학생은 멀뚱히 혼자 앉아있는 경우가 태반이다. 이 역시 남자가 사람 사귀기에 서툴기 때문이리라.

TIP

외국인에게 소극적인 남자에게

"모처럼 영어실력을 발휘할 기회네요."
자존심을 자극해 의욕을 북돋우자.

외국인에게 적극적인 여자에게

"외국 인맥을 만들 절호의 기회군요."
해외에 생활하는 이미지를 그려주자.

-3장-

해결남 공감녀의 연애

연인들이 처음에는 서로 다른 면에 끌리지만, 시간이 지날수록 서로를 이해하지 못하고 다툼이 잦아지는 경향이 있다.
상대의 속마음을 알면 관계를 더욱 원만하게 지속할 수 있다.
"왜 질투를 할까?", "왜 바람을 피울까?"
이번 장에서는 남녀가 연애하는 방식을 살펴보자.

MAN

vs

WOMAN

흐지부지 헤어지는 남자
VS
확실하게 헤어지는 여자

이별 기준이 분명한 여자

여자는 남자친구와 헤어질 때 확고한 기준이 있다.

미국 루이스 앤 크락 대학교의 레슬리 백스터 교수는 남녀 157명에게 '애인과 헤어진 이유'를 조사했더니 다음과 같은 결과가 나왔다.

여자는 '나에게 소홀해져서'가 27.4%, '충분히 이해받지 못해서'가 21.7%, '나만 바라보지 않아서'가 16.6%, '자주 만나지 못해서'가 16.0% 등 분명한 이유를 댔다.

그런데 남자는 특별한 이유가 없었다. 상당수가 적당히 얼버무리

대다수의 남자는 상대가 바람을 피운다고 앞뒤 상황 보지 않고
헤어지진 않는다. 그러나 여자는 무조건이다.

기 일쑤였다.

"그냥 어쩌다 보니."

"특별한 이유 없이."

여자는 나름대로 명확한 태도를 가지고 상대와 연애한다. 시작할 때도 끝낼 때도 확실히 선을 긋는다.

하지만 남자는 정반대다. 사귀고 헤어지는 이유가 늘 애매모호하다.

여자가 무조건 이별을 통보할 때

여자들이 결코 용납하지 못하는 이별 조건이 있다.

상대가 바람을 피웠을 때다.

캘리포니아 주립 대학의 크리스틴 해리스 교수가 평균 38.5세 남자와 평균 36.4세 여자 수십 명에게 설문조사를 실시한 결과, "상대가 바람을 피우면 헤어지겠다"고 대답한 남자는 43%, 여자는 94%에 이르렀다.

남자들이여, 애인과 헤어지고 싶지 않다면 한눈팔지 말기 바란다. 다른 건 몰라도 바람만큼은 용서받기 힘들다.

남자의 43%도 헤어지겠다고 했는데 낮은 수치는 아니지만 여자에 비하면 확실히 낮다.

대다수의 남자는 상대가 바람을 피운다고 앞뒤 상황 보지 않고 헤어지진 않는다. 그러나 여자는 무조건이다.

원래 여자는 연애 상대를 어디까지 이해해줄지에 대한 기준이 명확하다. 남자는 잘못을 좀 저질러도 어영부영 넘어가려는 경향이 있는데 이런 태도로는 결코 여자를 납득시킬 수 없다.

TIP

흐지부지 헤어지는 남자에게

"헤어지더라도 이유는 제대로 알고 싶어."
어물쩍 넘어가려는 남자의 태도가 불만이라면
단도직입적으로 물어보자.

확실하게 헤어지는 여자에게

"지적한 부분은 반드시 고칠게. 그래도 헤어지고 싶어?"
헤어지기 싫다면 이유를 파악하고
개선할 의지를 전하자.

이성으로 보는 남자
VS
친구로 보는 여자

남녀 사이에 친구란?

"남녀 사이에 우정이 가능할까요?"

텔레비전이나 잡지에 종종 등장하는 질문이다.

아직도 의견이 분분한 주제지만 심리학자 입장에서는 확실하게 말할 수 있다.

답은 "NO"다.

남녀 사이에 우정이란 존재하지 않는다.

왜 그럴까?

서로에게 바라는 바가 전혀 다르기 때문이다.

미국 반다빌트 대학교의 심리학자 에이프릴 블레스크 레첵은 남녀 100쌍에게 남녀 간에 친구를 어떻게 생각하는지 설문조사를 실시했다.

남자는 아무리 친구라도 상대가 이성이면 연애 상대로 바라보게 된다고 답했다. 겉으론 동성친구처럼 허물없이 지내도 속으로는 육체관계를 상상한다는 얘기다.

반면 여자는 상대가 이성이든 동성이든 친구로 지내는 데 차이가 없었다.

블레스크 레첵은 더 나아가 남자는 여자인 친구와 앞으로 잠자리를 가질 가능성이 없다고 판단되면 관계를 끊는 경향마저 있다고 지적했다. 음흉하다고 욕해도 어쩔 수 없다. 자고로 남자란 그런 동물이다. 이제 알겠는가.

남녀 사이에 우정은 불가능하다. 그리고 원인은 전적으로 남자에게 있다. 남자가 여자를 단순한 친구로 보지 않는 이상 남녀 간의 우정이란 허울에 불과하다.

우정을 오래 지속하기 힘든 이유

짧은 시간이라면 남자와 여자의 우정이 성립할 수도 있다. 두 사

남자는 아무리 친구라도 상대가 이성이면
연애 상대로 바라보게 된다고 답했다.
겉으론 동성친구처럼 허물없이 지내도
속으로는 육체관계를 상상한다는 얘기다.

람이 만난 지 얼마 안 된 초반이라면 말이다. 그런데 만나는 기간이 오래 이어지면 남자는 점점 여자를 연애 대상으로 보게 된다. 결국 잠깐 동안은 우정이 가능해 보여도 그 관계를 유지하기는 어렵다.

남자가 전혀 좋아하지 않는 타입의 여자라면 친구가 가능할까? 남자가 상대에게 티끌만큼도 이성적으로 끌리지 않는다면 가능하다고 항변할 독자도 있으리라.

필자가 보기에 이 경우도 마찬가지다.

처음엔 이성으로 보지 않아도 관계가 오래 지속되다 보면 '이 아이도 꽤 좋은 면이 있구나'라고 생각하며 상대의 매력을 알게 되고 결국 남자는 여자를 연애 대상으로 볼 확률이 높다.

결론적으로 어떤 상황이라도 남녀 간의 우정은 불가능하다.

TIP

이성으로 보는 남자에게

"혹시 사귀게 되면 어떤 데이트를 하고 싶어?"
애인으로 자신을 바라보는 남자의 마음을
미리 읽어보자.

친구로 보는 여자에게

"이성 친구는 네가 처음이야."
'친구'라는 관계에 의미를 부여해보자.

질보다 양을 추구하는 남자 VS 양보다 질을 추구하는 여자

연애의 고수는 누구?

남자와 여자 중 어느 쪽이 연애에 능숙할까?

마음에 들면 앞뒤 재지 않고 용기 있게 대시하는 남자? 상대방 마음을 헤아리고 센스 있게 대처하는 여자?

단순히 기술만 따지자면 연애는 여러 번 해볼수록 능숙해지는 게 맞다.

운동이나 음악도 그렇지만 본래 기술이란 실전 경험이 쌓일수록 실력이 향상되게 마련이다. 그런 의미에서 보자면 연애에 능숙한 건 남자다.

어떤 조사를 살펴봐도 연애 횟수만 놓고 보면 남자가 여자보다 월등히 앞서기 때문이다.

뉴멕시코 주립대학교의 피터 조나슨 교수는 남자가 연애를 많이 하고 심지어 동시에 여러 여자와 사귀기까지 하는 건 연애 횟수가 남자의 자존심과 직결되기 때문이라고 지적한다.

화려한 여성편력을 지닌 남자는 동성들 사이에서 부러움과 존경의 대상이다. 그러므로 남자는 자기 서열을 높이기 위해서라도 연애에 적극적이라는 것이다.

그런데 여자는 어떤가. 남자를 많이 사귈수록 '헤프다'라든가 '조신하지 못하다'는 등 오히려 이미지가 깎인다. 최소한 연애 경험이 많다고 동성 집단에서 존경받는 일은 드물다. 여자들 사이에는 아무 남자와 사귀지 않는 콧대 높고 도도한 여자가 오히려 높은 평가를 받는 경향이 있다.

연애는 기술일까?

남자에게 연애는 자기 서열을 높이는 수단이다.

목표가 확실하니 매번 의욕적으로 행동에 옮긴다. 자연히 경험치가 쌓이고 기술도 좋아진다.

그런데 생각해보자. 연애는 기술일까? 연애를 기술과 경험 면에서 보자면 남자가 여자보다 능숙하다는 데 이의가 없으리라.

클럽이나 단란주점 등 갖가지 형태의 유흥업소가 성행하는 이유도 남자가 여자를 만나기 위해 물불 안 가리기 때문이다. 여자를 상대하는 호스트바도 존재하지만 남자를 위한 온갖 업소들이 판치는 데 비하면 새 발의 피다.

연애 욕구가 강렬해 실제로 많은 상대와 사귀는 남자와 달리 여자는 연애 상대가 적어도 초조하거나 불안해하지 않는다.

그러므로 연애를 어떻게 정의하는가에 따라 연애를 잘한다는 의미도 달라진다. 연애가 단순히 기술만을 의미한다면, 연애를 수없이 경험한 수많은 남자들이 왜 여전히 여자의 진심을 모른 채 헛발질을 거듭하는 걸까?

TIP

질보다 양을 추구하는 남자에게

"여유가 넘치고 노련미가 있네."
남자의 풍부한 경험치를 알아주자.

양보다 질을 추구하는 여자에게

"진심으로 대하는 게 느껴져."
관계를 진지하게 여기는
여자의 마음을 알아주자.

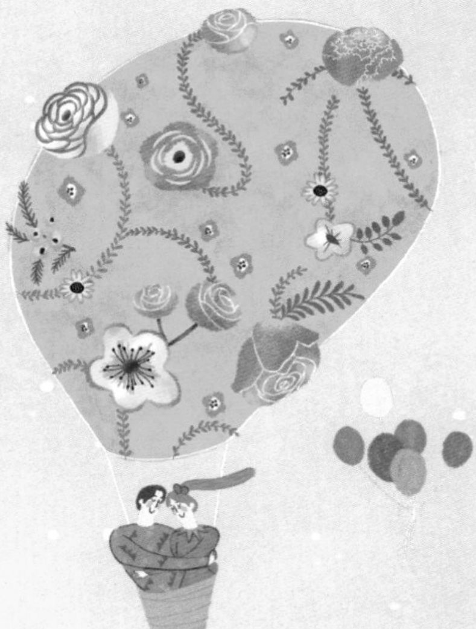

육체적 사랑을 원하는 남자 VS 정신적 사랑을 원하는 여자

순정파는 어느 쪽?

남자와 여자 중 누가 순정파일까?

흔히 남자는 첫사랑을 평생 잊지 못한다고 한다. SNS를 통해 첫사랑을 찾아보는 쪽은 남자가 여자보다 압도적으로 많다. 여자는 첫사랑에 그다지 연연하지 않는다. 그렇다면 남자가 여자보다 순정파일까?

펜실베니아 주립 대학교의 윌리엄 케파트 교수는 19세부터 24세까지 1,000명이 넘는 대학생을 대상으로, 살면서 지금껏 몇 번이나 순수한 사랑을 경험했는지 설문조사를 실시했다.

그 결과, 남자는 평균 5.74회, 여자는 7.20회로 나왔다. 요컨대 지고지순한 사랑의 경험은 여자가 더 많았다.

남자는 섹스만을 목적으로 여자와 사귈 수 있다. 남자란 원래 그런 존재다. 마음이 끌리지 않아도 얼마든지 연애할 수 있다.

하지만 여자는 마음이 먼저 끌려야 연애가 가능하다. 섹스를 하지 않아도 얼마든지 사귈 수 있다.

남자에게 연애란 '육체적'인 영역이고 여자에게 연애란 '정신적'인 영역이기 때문이다.

그런 면에서 보면 '순정파'라는 말은 여자에게 더 어울리는 단어인 듯하다.

공상만으로는 만족하지 못하는 남자

앞장에서 필자는 "연애 경험이 많은 남자가 연애의 고수인가"라는 질문을 던졌다. 만일 연애의 의미가 정신적이고 순수한 사랑이라면 여자야말로 연애의 고수일 것이다.

여자는 머릿속에서 좋아하는 상대와 이런저런 공상에 빠지는 것만으로도 행복해지는 로맨티스트다. 반면 남자는 지극히 현실적이다. 그들은 공상만으로 결코 만족하지 않는다. 때문에 실제로 어떻

이성과 서로의 연애관을 가지고 대화를 나누다 보면
왠지 모르게 주파수가 어긋나는 경험을 종종 한다.
이는 남녀 간에 연애의 개념 자체가 다르기 때문이다.

게든 애인을 만들고자 갖은 노력을 다한다.

여자는 사랑 없는 섹스에 거부감을 느끼지만 남자는 그럴 상대만 있다면 마다할 이유가 없다. 남자는 무엇보다 본능에 충실한 동물이다.

'연애하고 싶다'의 두 가지 의미

같은 단어임에도 남녀가 받아들이는 의미가 전혀 다른 말이 있다. '학교'나 '책'은 누구에게나 같은 뜻이다. 예외는 없다.

그런데 '연애'라는 말은 남자와 여자가 받아들이는 의미가 확연히 다르다.

'연애'를 사전에서 찾아보면 "남녀가 서로 그리워하고 사랑한다"라고 나온다.

그런데 연애라는 말은 사전적인 의미 이외에 또 다른 의미가 있다.

심리학자 리처드 심발로는 〈사이콜로지컬 리포트Psychological Reports〉라는 심리과학협회지에 발표한 논문에서 남자와 여자가 연애를 어떻게 정의 내리는지 다음과 같이 정리했다.

남자에게 연애는 '섹스'를 뜻하며 여자에게 연애는 '결혼', 혹은 '가족'을 뜻한다.

남자가 "연애하고 싶다"고 말하면 "섹스할 상대가 있었으면 좋겠다"는 의미가 다분히 내포되어 있다. 반면 여자가 "연애하고 싶다"

라고 말하면 "마음 맞는 상대와 결혼하고 싶다"는 속마음이 숨겨져 있다.

잡지에 종종 등장하는 설문조사 중에 다음과 같은 질문이 있다.

"당신은 지금 연애 중입니까?"

질문 자체가 잘못됐다. 대답하는 사람이 남자인지 여자인지에 따라 받아들이는 의미가 완전히 달라지기 때문이다.

남자라면 "당신은 섹스할 상대를 원합니까?"라든가 여자라면 "당신은 결혼할 상대를 원합니까?" 혹은 "당신은 가족을 꾸리고 싶습니까?"라고 질문해야 맞다. 그래야 원하는 대답을 얻을 수 있다.

이성과 서로의 연애관을 가지고 대화를 나누다 보면 왠지 모르게 주파수가 어긋나는 경험을 종종 한다. 이는 남녀 간에 연애의 개념 자체가 다르기 때문이다.

TIP

육체적 사랑을 원하는 남자에게

"이제 뭐 할까?"
데이트 마지막에 넌지시
상대의 의중을 떠보자.

정신적 사랑을 원하는 여자에게

"어떤 연애를 꿈꾸고 있어?"
어떤 미래를 그리고 있는지를 물어보자.

많은 여자를 추구하는 남자
VS
특별한 사랑을 추구하는 여자

동아시아 남녀는 상대적으로 바람기가 적다

여자가 사귀고 싶어 하는 상대는 오직 한 명이다. 그런데 남자는 애인이 있어도 늘 다른 상대를 찾는다. "열 여자 마다하는 남자 없다"는 말처럼 여건이 허락한다면 여러 명의 애인을 원하는 게 남자이다.

전 세계 모든 남자들이 애인은 많을수록 좋다고 여긴다. 여기에 문화 차이는 별다른 영향을 끼치지 않는다.

미국 일리노이 주에 있는 브래들리 대학교의 데이비드 슈미트 교수는 세계 52개국 남녀에게 몇 명의 애인을 원하는지 질문했다.

여자는 단 한 명으로도 충분히 만족하기 때문이다.

슈미트 교수는 전 세계를 열 개의 구획으로 나누어 분석했는데 동아시아에서는 남자가 1.25명, 여자가 0.35명으로 남자가 한 명 이상의 애인을 원한다고 답했다.

참고로 동아시아 남녀가 상대적으로 원하는 상대수가 가장 적었다.

바람기가 다분한 남자는 중동지방으로 2.54의 애인을 원한다고 답했으며, 여자 중에 수치가 높은 지역은 동유럽으로 1.01이었다.

아무리 여자가 연애에 적극적이어도 역시 한 명이면 충분하다는 얘기다.

여자에게 애인은 유일무이한 특별한 사람

일부일처제인 동양권 나라에서는 남자가 아무리 원해도 한 명하고만 결혼할 수 있다.

그럼에도 남녀의 본성을 감안하면 일부일처제는 여자에게, 일부다처제는 남자에게 이상적인 제도다.

실제로 이슬람 신자가 많은 아라비아반도의 몇몇 나라를 비롯해 서아시아, 북아프리카, 서아프리카 나라 중 일부다처제를 채택하는 경우가 있다.

그런데 아내가 여러 남편을 거느리는 일처다부제는 거의 존재하지 않는다.

여자는 단 한 명으로도 충분히 만족하기 때문이다.

어느 문화인류학자가 849개의 민족사회를 조사했더니 일부일처제가 16%, 일부다처제가 83%였던 데 반해 일처다부제는 0.5%에 불과했다고 한다.

여자들은 적극적으로 인간관계를 맺으며 사람들과 교류하기를 즐긴다. 그러나 애인만큼은 오로지 한 명으로 만족하고 그 사람에게 특별한 의미를 부여한다. 이것이 바로 여자의 본심이다.

TIP

많은 여자를 추구하는 남자에게

"네가 나만 바라보지 않으니까."
여자의 배신은 대개 남자에게
일정 부분 책임이 있음을 명심하자.

특별한 사랑을 추구하는 여자에게

"미안해, 잘못인 줄 알지만 나도 모르게 그만."
바람피운 남자는 무조건 잘못을 인정하고
사과하는 게 상책임을 명심하자.

감추려고 하는 남자
VS
들춰내는 여자

거짓말이 서툰 남자

"당신, 요즘 나 몰래 딴 사람 만나?"

"다른 여자랑 식사하고 왔지?"

정말로 한눈을 파는 남자라면 허를 찌르는 여자의 기습 질문에 당황한 나머지 횡설수설할 가능성이 높다.

여자는 정말로 남자의 거짓말을 잘 간파해낸다. 거짓말 탐지기가 몸속에 탑재되어 있나 싶을 정도다.

그래선지 남자가 딴짓을 하면 여자에게 쉽게 들통나지만 여자가 딴짓을 하면 남자는 여간해선 눈치 채지 못한다.

본래 여자의 관찰력은 셜록 홈즈 빰치게 탁월한 면이 있다.

여자의 직감이란 놀라울 만큼 정확해서 상대방 표정과 행동의 미묘한 차이까지도 거짓말 탐지기를 발동해 금방 알아차린다.

아무리 남자가 천연덕스럽게 시치미를 떼도 소용없다. 그런 모습조차 여자 눈에는 수상해 보이기 때문에, 남자가 아무리 애를 써도 여자의 직감에는 당해낼 재간이 없다.

아서 코난 도일의《셜록 홈즈의 회상》을 보면 홈즈와 그의 동료인 그레고리 경감이 다음과 같은 대화를 나누는 장면이 나온다. 마치 남녀 사이의 대화 같은데 여러분도 어떤지 생각해보라.

그레고리 경감: 뭔가 주목할 만한 점이라도 있었습니까?

홈즈: 그날 밤 개가 했던 이상한 행동이 아무래도 마음에 걸립니다.

그레고리 경감: 그날 밤 개는 아무것도 하지 않았는데요.

홈즈: 바로 그 점이 이상하다는 겁니다.

남자가 자연스러운 척 연기하면 할수록 여자 눈에는 더욱 부자연스럽게 보이는 법이다.

늘 짖어대는 개가 짖지 않는데 어찌 수상하지 않겠는가.

남자보다 12배나 거짓을 잘 간파하는 여자

존스홉킨스 대학교의 주디스 홀 교수에 따르면 여자는 남자보다 시각으로 20%, 청각으로 38% 이상 거짓을 잘 간파한다고 한다. 상대의 표정이나 목소리 톤 변화에도 여자가 민감하게 반응하는 이유가 여기에 있다.

그러면서 홀 교수는 여자가 남자보다 12배나 거짓을 잘 알아차린다고 결론 내린다.

그러니 남자들이여, 애당초 여자에게 거짓말할 생각은 하지도 말라. 언젠간 반드시 들킨다. 만일 잘못을 했다면 사실대로 말하고 진정성 있게 곧바로 사과하는 게 상책이다.

TIP

감추려고 하는 남자에게

"난 당신의 솔직한 모습이 좋아."
이렇게 말하면 남자는 양심의 가책을 느껴
먼저 실토할 수 있음을 알아두자.

들춰내는 여자에게

"당신 앞에선 아무것도 숨기지 않아."
거리낄 게 없다면
당당히 선언해서 안심시키자.

마음에 질투하는 남자 VS 몸에 질투하는 여자

여자는 질투의 화신?

흔히 여자가 남자보다 질투가 심하다고 한다. 심지어 질투(嫉妬)를 뜻하는 한자에는 여자를 뜻하는 글자(女)가 두 개나 들어간다.

"여자가 한을 품으면 오뉴월에도 서리가 내린다"는 속담처럼, 세간에는 여자가 배신을 당해 원한을 품으면 남자에 비할 수 없이 매섭고 독해진다는 속설이 있다.

하지만 심리학계에서는 여자가 남자보다 질투가 심하다는 과학적인 근거는 어디에도 없다. 남자도 여자와 마찬가지로 질투한다.

남자는 애인이 다른 상대에게 "마음을 허락했다"는 시점에서
강한 질투심을 느꼈다.

다만, 남자와 여자의 질투는 본질적으로 다르다.

미국 앨라배마 대학교의 로잔나 과다뇨 교수는 남자 132명과 여자 299명을 대상으로 "애인이 인터넷으로 알게 된 사람과 사이버 섹스를 했다면 어떤 기분이 들겠는가?"라고 질문했다.

그 결과, 남자의 50.9%가 질투심이 든다고 답했다.

반면 질투한다고 대답한 여자는 28.0%였다.

남자는 애인이 다른 상대에게 "마음을 허락했다"는 시점에서 강한 질투심을 느꼈다.

그러나 여자는 애인이 다른 상대와 직접 만나거나 섹스를 하는 등 실제로 무슨 일을 벌어지지 않는다면 크게 동요하지 않았다.

연예인에게도 질투하는 남자

여자가 질투하는 기준은 확실하다. 애인이 바람을 피웠을 때다. 이 경우만큼은 남자를 용서하지 않는다.

그런데 남자는 실제로 섹스를 하지 않아도 애인이 온라인에서 만난 누군가에게 호의를 품었다는 사실만으로도 질투심에 불타오른다.

심지어 애인이 남자 연예인을 좋아만 해도 질투하는 게 남자다. 자기 말고 좋아하는 남자가 있다는 사실 자체가 못마땅한 것이다.

여자는 애인이 여자 연예인을 좋아해도 진짜로 만나서 바람을 피우지 않는 한 크게 개의치 않는다.

'몸'은 물론이거니와 '마음'의 바람까지도 용서하지 못하는 게 남자라면 질투의 화신은 남자가 아닐까?

TIP

마음에 질투하는 남자에게

"안부 문자만 주고받는 거라면 괜찮아."
용납할 수 있는 상대 행동의
마지노선을 정해두자.

몸에 질투하는 여자에게

"요즘 저 아이돌, 인기가 많나 봐."
애인이나 아내가 좋아하는 연예인은
함께 응원해주자.

외모를 우선하는 남자 VS 외모와 타협하는 여자

여자는 남자 외모를 얼마나 따질까?

이 세상에 예쁜 여자를 마다할 남자는 없다. 남자는 시각적인 동물이라 상대의 외모가 마음에 들어야 비로소 연애 감정이 생긴다. 예쁘면 성격이 좀 별로라도 흔쾌히 눈감아주는 게 남자다.

"성격이 나쁜 아름다운 여자와 성격이 좋은 못생긴 여자 중 누구랑 사귈래?"

이렇게 물으면 남자는 십중팔구 전자를 택한다. 연애할 때 남자는 모두 외모지상주의자가 된다고 해도 과언이 아니다.

그런데 여자는 연애할 때 남자만큼 외모를 따지지 않는다.

잘생긴 남자만 좋다고 공공연히 말하는 여자도 막상 애인이 생기면 외모가 뛰어나지 않는 경우가 허다하다.

여자는 상대의 매력, 더 자세히 말하면 성격이 중요하다. 외모는 그다음이다. 나는 남자들에게 연애 비법을 전수하는 책을 집필한 적도 있고 현재 인터넷으로 연애심리학 칼럼을 연재 중이다. 내가 연애 못 하는 남자들에게 늘 하는 조언이 있다.

'눈 높은 여자라도 과감하게 들이대라!'

여자는 연애할 때 남자만큼 상대방 외모에 집착하지 않는다. 아무리 겉으로 외모를 중시한다고 말해도 이를 100% 믿을 필요는 없다.

미국 세인트존스 대학교의 제프리 네비드 교수는 남자 238명과 여자 307명에게 어떤 조건의 이성과 사귀길 바라는지 물었다.

그 결과, 남자가 가장 중시하는 조건은 외모였다.

남자는 여자의 겉모습이 마음에 들어야 사귄다고 답했으며 특히 가슴, 엉덩이, 다리를 본다는 대답이 많았다.

반면 여자는 성격을 가장 중요한 조건으로 꼽았다. 구체적으로 자상하고 배려심 많은 남자를 선호했다. 다시 말하면 외모가 다소 별로라도 세심하고 다정하면 얼마든지 여자에게 어필할 수 있다는 뜻이다.

아름다운 여자 주변에는 늘 남자들이
들러붙어 구애를 하게 마련이다.

미인의 유효기간은 얼마?

이야기가 잠시 주제에서 벗어나지만, "미인은 삼일이면 질린다"는 말이 있는데 이는 거짓말이다.

미국 서던 메소디스트 대학교의 심리학자 안드레아 멜처에 따르면, 유부남은 4년 뒤부터 아내를 향한 애정이 식는 게 일반적인데 미인과 결혼한 남자는 4년이 지나도 예전처럼 애정을 유지한다는 사실을 확인했다.

남자는 여자를 사귈 때 외모를 가장 먼저 보지만 그 선택을 나중에 후회하는 일은 적다. 상대의 외모가 마음에 들어 결혼한 남자는 시간이 지나도 배우자에게 마음이 빨리 식지 않고 결혼 만족도도 높았다.

자, 이쯤에서 남자 독자들에게 한 가지 질문을 하고 싶다.

"여러분은 외모가 뛰어난 동성과 친구가 되고 싶나요?"

추측컨대 대답은 "NO"일 확률이 높다.

왜? 잘생기고 멋진 남자와 있으면 자신이 들러리로 전락하는 기분이 들기 때문이다. 여자도 다르지 않다. 지나치게 예쁘고 매력적인 여자와는 친해지고 싶지 않다. 자기와 비슷한 외모를 지닌 여자와 함께 노는 게 마음 편하다.

매력적인 동성은 부담스러운 존재

원래 남자에게 같은 남자는 경쟁자다. 상대를 누르고 올라서야 원하는 상대와 연애도 결혼도 할 수 있다.

그러니 잘생기고 멋진 경쟁자에게 좋은 점수를 줄 리 만무하다.

예쁘고 매력적인 여자도 마찬가지다.

아름다운 여자 주변에는 늘 남자들이 들러붙어 구애를 하게 마련이다. 남자들은 외모가 출중한 여자의 환심을 사려고 애를 쓰지, 외모가 별로인 여자에게는 눈길 한번 주지 않는다.

같이 있는 것만으로도 열등감을 자극하는 상대와는 되도록 거리를 두려는 게 인간의 보편적인 심리다.

조지아 사우스 웨스턴 대학교의 브레넌 스웰 교수는 남자에게 잘생긴 남자의 사진을 보여주고 인물 평가를 부탁했다. 그러자 대부분 참가자가 잘생긴 남자에게 야박한 평가를 내렸다. 흥미롭게도 못생긴 남자의 사진을 보여주자 남자들은 무척 후한 점수를 줬다.

이러한 경향은 여자도 마찬가지였다.

여자에게 예쁜 여자와 못생긴 여자 사진 6장을 보여주고 평가를 부탁하자, 예쁜 여자에게는 낮은 평가를 내리고 못생긴 여자에게는 높은 평가를 내렸다.

매력적인 남자는 어디서든 여자들의 환대를 받는다.

그런 만큼 남자들의 부러움을 살 것이라 생각할지 모르지만 실은 반대다. 여자들에게 인기가 많을수록 남자들에게는 미운털이 박힌다.

매력적인 여자도 다를 바 없다. 그녀 곁에는 늘 남자들이 구름처럼 몰려와 여왕 대접을 하지만 그런 만큼 여자들에게 험담을 듣거나 따돌림당할 가능성이 높아진다.

결국 외모가 빼어난 남녀는 이성에게 주목받는 만큼 동성에게는 미움받는 존재다. 하나를 얻으면 다른 하나는 버리는 제로섬 게임처럼 말이다.

TIP

외모를 우선하는 남자에게

"당신은 보면 볼수록 매력적이야!"
오직 자신만 아는 매력을 지닌
특별한 남자임을 알려주자.

외모와 타협하는 여자에게

"당신은 정말 아름다워!"
솔직한 느낌을 있는 그대로 표현하자.

- 4장 -

해결남 공감녀의 사고방식

여전히 갈 길이 멀다.

"남자는 왜 시끄러운 장소에서도 아무렇지 않을까?"

"지금도 충분히 날씬한데 여자는 왜 살을 빼려고 할까?"

이번 장에서는 마지막으로 남녀가 생각하는 방식을 살펴보자.

MAN

vs

WOMAN

보고 결정하는 남자 VS 만지고 결정하는 여자

'포옹 호르몬'이 분비되는 여자

여자는 친한 사람들과 스킨십하기를 좋아한다.

미국 버지니아 주에 있는 올드도미니언 대학교의 발레리안 더르가 교수는 남녀가 여행에서 돌아온 친구를 맞이하는 장면을 영상으로 찍어서 차이를 분석했다. 그랬더니 남자는 가벼운 인사말을 교환하는 경우가 반 이상을 차지했으며 악수를 나누는 경우는 23%였다.

그런데 여자는 15%가 친구와 포옹을 했다(남자는 0%).

왜 여자는 친한 사람과 스킨십을 잘할까? 이는 옥시토신이라는

남자도 스킨십을 좋아하지만
이는 성적으로 끌리는 상대에게만 그렇다.
그 이외의 사람과는 본능적으로 신체접촉을 꺼린다.

여자 호르몬과 연관이 있다.

일명 '포옹 호르몬'이라는 별명을 가진 옥시토신은 누군가를 껴안거나 어루만질 때 분비된다. 여자가 아기나 애인, 동성친구를 자주 껴안는 건 그럴수록 옥시토신이 분비되어 기분이 좋아지기 때문이다.

남자도 스킨십을 좋아하지만 이는 성적으로 끌리는 상대에게만 그렇다. 그 이외의 사람과는 본능적으로 신체접촉을 꺼린다.

반면 여자는 남자보다 스킨십을 허용하는 범위가 넓다.

공원을 산책하는 강아지를 보고 반색하며 다가와 쓰다듬는 사람은 대개 여자다. 유모차 속 아기를 보고 귀엽다며 볼이나 앙증맞은 손가락을 만지는 것도 거의 여자다.

남녀가 쇼핑하는 법

흥미롭게도 여자는 물건을 살 때 상품을 자주 만지는 버릇이 있다. 옷을 살 때면 몇 번이고 입어보고 손으로 만져본다. 여자는 촉감을 통해 구매욕이 자극되기 때문이다.

남자는 전혀 다르다. 눈으로 쓱 보기만 하고 괜찮다 싶으면 덜컥 사버린다.

'촉각욕구 척도'라는 심리학 테스트가 있다.

"매장에 들어서면 바로 상품을 만져보고 싶다."

"상품을 만지는 게 즐겁다."

"만지지 못하면 살 마음도 들지 않는다."

"무의식적으로 손이 간다."

이와 같은 총 50개에 해당하는 항목으로 촉각 욕구를 측정하는 실험인데 늘 여자가 남자보다 고득점을 기록한다.

여자는 본능적으로 접촉을 하면서 타인에 대한 친밀감 혹은 물건에 대한 애착을 느낀다.

부드러운 촉감을 좋아하는 건 남녀공통이지만 여자의 욕구가 더욱 강하다.

보고 결정하는 남자에게

"직접 한번 걸쳐보면 어떨까?"
무턱대고 충동구매 하는 남자 옆에서
적절히 브레이크를 걸어주자.

만지고 결정하는 여자에게

"천천히 골라도 괜찮아."
꼼꼼히 살펴보고 까다롭게 고르는 모습을
긍정적으로 바라보자.

과학을 믿는 남자 VS 미신을 믿는 여자

과학만능주의를 신봉하는 남자

과학이 발달할수록 세상은 더욱 좋아질까?

과학이 지구에 존재하는 식량문제와 환경문제를 해결하고 불치병도 정복하리라는 믿음을 '과학만능주의'라고 한다.

반대로 과학의 폐단을 지적하는 측도 존재한다.

이들은 과학기술이 악용되면 인류에 엄청난 피해를 끼칠 뿐 아니라 돌이킬 수 없는 상황으로 치달을 수 있다고 경고한다.

거칠게 구분하자면 남자는 과학을 맹신하고 여자는 과학을 의심한다.

캐나다 세인트 메리즈 대학교의 마이클 트랭키너 교수는 1972년부터 1990년까지 이루어진 인구조사를 분석해 나이와 학력에 상관없이 여자는 과학을 맹신하지 않음을 밝혀냈다. 덧붙이자면 과학의 가치를 신봉하는 쪽은 남자가 48.3%, 여자가 39.6%였다.

역술가에게 의지하는 여자

'과학'이라는 말만 들어도 남자는 왠지 가슴이 벅차오르고 '세련되다, 멋지다, 하늘을 나는 자동차, 최첨단 로봇' 등 긍정적 이미지를 떠올린다. 부정적 이미지는 거의 찾아볼 수 없다.

굳이 이학부 전공이 아니더라도 남자들은 어릴 적부터 로봇 만화, SF 영화 등을 접하며 과학에 막연한 동경심을 품는다.

정의로운 주인공이 과학을 악용해 세상을 위험에 빠뜨리려는 악의 무리를 소탕하고 평화를 되찾는 스토리에 익숙하기 때문에 과학이 지닌 부작용은 크게 다가오지 않는다.

남자가 보기에 과학은 무엇이라도 해결해줄 수 있는 알라딘의 요술램프다.

지금은 완벽하지 않아도 언젠가는 과학이 세상을 바꾸리라 믿는다. 아니 정확히 말하면 믿고 싶어 한다.

거칠게 구분하자면 남자는 과학을 맹신하고
여자는 과학을 의심한다.

물리학, 화학과 달리 심리학을 100% 과학의 영역이라고 하기엔 무리가 있으나 그럼에도 나는 심리학이 인간의 마음속에 존재하는 불가사의를 해명해 나가는 학문이라 믿는다. 내가 남자이기 때문일까?

덧붙이자면 런던 대학교의 아드리안 펀햄 교수는 성격 테스트를 실시하여 남자는 심리학자의 말을 믿고 여자는 역술가의 말을 믿는다는 사실을 밝혀냈다.

이 역시 남자가 여자보다 과학을 믿는다는 증거인 셈이다.

TIP

과학을 믿는 남자에게

"좀 더 설명해줄래?"
남자가 신나서 열변을 토할 수 있도록
슬쩍 관심을 보여주자 .

미신을 믿는 여자에게

"그건 꽤 들어맞는 것 같다."
여자가 기뻐할 수 있도록
옆에서 맞장구를 쳐주자.

크게 보이고 싶은 남자
VS
작게 보이고 싶은 여자

트레이닝하는 남자, 다이어트하는 여자

"요즘 몸이 불었네."

"뱃살 좀 빼야 되겠어."

스스로 살이 쪘다고 느꼈을 때 남녀 간에 대처법이 다르다는 사실을 아는가?

위기감을 느끼고 체중을 줄이려고 결심하는 건 같지만 방법은 매우 다르다.

남자는 스포츠센터에 등록해서 헬스를 하거나 수영을 하는 등 근

여자는 가녀리고 아담한 체구일수록 남자에게 인기가 있다.

육을 키우는 트레이닝으로 비만을 해결한다.

그런데 여자들은 살을 빼려고 근육을 만드는 트레이닝을 하는 경우가 거의 없다. 울퉁불퉁하고 단단한 보디빌더 같은 근육질 몸매는 여성스럽지 못하다고 여기기 때문이다.

뉴멕시코 주립 대학교의 피터 조나슨 교수는 이러한 남녀 차이가 진화심리학 관점에서 지극히 당연하다고 말한다.

동물의 세계에서는 체격이 크고 힘센 수컷이 암컷에게 선택받을 비율이 높다. 인간도 예외가 아니다. 건장하고 다부진 근육질 몸매는 남성미를 상징하고 이성에게 많은 매력을 어필한다. 그러니 남자들이 그토록 기를 쓰고 근육을 키우는 것이다.

반면에 여자는 가녀리고 아담한 체구일수록 남자에게 인기가 있다. 튼튼하고 거대한 몸집의 여자를 좋아하는 남자는 지극히 소수에 불과하다. 여성적 매력을 어필하려면 다이어트를 해서 최대한 몸을 날씬하게 만들 필요가 있다.

멋진 몸매는 남녀 모두의 본능

남자와 여자는 어떻게 하면 이성에게 매력적으로 보일지 본능적으로 알고 있다. 따라서 남자는 근육을 키우는 트레이닝, 여자는 살을 빼는 다이어트를 선택한다는 것이 조나슨 교수의 해석이다. 상당히 설득력 있는 주장이다.

남성잡지를 보면 아령이나 복근 운동기구 등 근육을 단련시키는 상품 선전이 많다.

반면 여성잡지에는 다이어트 식품 광고가 주를 이룬다. 근육을 만들어주는 광고는 눈을 씻고 찾아봐도 없다.

남녀 모두 날씬하고 멋진 몸매를 동경한다. 그래서 체중을 줄이려고 애쓰지만 몸매를 만드는 방법은 전혀 다르다.

TIP

크게 보이고 싶은 남자에게

"체격이 튼튼하고 다부지네."
근육질 몸매는 모든 남자의 로망임을
명심하고 칭찬해주자.

작게 보이고 싶은 여자에게

"예전보다 날씬해진 것 같은데?"
조금이라도 살이 빠져 보이면 직접 말해주자.

내용을 중시하는 남자 VS 감성을 중시하는 여자

남녀의 문자가 확연히 다른 이유

나는 메일만 봐도 보낸 사람이 여자인지 남자인지 판단할 수 있다.

남자와 여자는 말투가 다르니 문장을 읽어보면 대충 짐작하겠지만 나는 글을 읽지 않아도 1초 만에 알아낸다.

어떻게? 바로 기호나 이모티콘을 사용하는지 여부를 보면 된다.

남자는 기본적으로 문자만 적힌 단순한 메일을 선호한다.

여자는 기호나 이모티콘을 곁들여 꾸미길 좋아한다.

"확인했습니다."

남자는 기본적으로 문자만 적힌 단순한 메일을 선호한다.
여자는 기호나 이모티콘을 곁들여 꾸미길 좋아한다.

"확인했습니다~^^♪"

어느 쪽이 여자가 쓴 메일일까?

미국 웨스턴 뉴잉글랜드 대학교의 캐서린 딜런 교수는 남자 30명과 여자 20명에게 카드를 건넨 다음 친한 친구의 생일이라 상상하고 카드를 적어보라고 부탁했다.

그런 뒤 남녀가 쓴 생일카드를 분석해보았더니 여자는 글을 쓴 뒤에도 그림을 곁들이거나 밑줄을 긋는 등 화려하게 카드를 꾸민 경우가 많았다.

남자는 비교적 수수했다. 상당수가 "생일 축하해"처럼 단문으로 끝냈다.

'왕자병'일수록 치장을 좋아한다

남자라도 글을 쓸 때 기호나 이모티콘을 즐기는 사람이 있다.

이들은 남들에게 주목받고 싶고 자기애가 강한 남자일 가능성이 높다.

참고로 딜런 교수가 실시한 실험에 따르면 나르시시스트 타입인 남자는 다양한 기호를 사용하는 경향이 있었다. 최대한 돋보이고 싶다는 욕구가 글에도 드러나는 게 아닐까?

남녀별로 말투가 확실히 나눠지는 언어권에서는 글의 말투만 봐도 성별을 판단할 수 있다.

그러나 굳이 말투에 주목하지 않아도 문자 주변을 얼마나 화려하게 꾸미는지를 보면 글쓴이 성별이 한눈에 보인다.

TIP

내용을 중시하는 남자에게

"답장은 간단히 해도 돼."
필요한 말만 해주길 바라는
남자의 마음을 알아두자.

감성을 중시하는 여자에게

"재미있는 이모티콘이네."
다양한 이모티콘을 사용하는
여자의 성의를 알아주자.

수수한 남자
VS
화려한 여자

알록달록한 색을 좋아하는 여자

여자에게 줄 선물은 되도록 화사하고 산뜻한 색으로 하는 게 좋다. 포장지도 마찬가지다. 원래 여자는 알록달록하고 화려한 색을 좋아한다.

반면 남자는 도통 색에 무관심하다.

남자아이는 도시락에 소시지나 햄 등 자기가 좋아하는 반찬이 들어있으면 아무 불만이 없다. 그런데 여자아이는 야채볶음이나 계란말이 등 보기에도 예쁜 형형색색의 반찬을 좋아한다.

여자에게 줄 선물은 되도록 화사하고 산뜻한 색으로 하는 게 좋다.

아무리 고기를 좋아하는 여자아이라도 온통 고기반찬으로 채운 밋밋한 도시락을 보면 볼멘소리를 하기 일쑤다.

예일 대학교의 월터 어니언 교수는 5세와 6세 사이 남자아이와 여자아이 각 70명씩 총 140명에게 여러 색종이를 보여준 다음 색깔을 얼마나 맞추는지 물어봤다.

그러자 무슨 색인지 모르는 남자아이는 11명에 달한 반면 여자아이는 전원 대답을 했다. 아울러 여자아이는 색을 설명할 때 남자보다 훨씬 구체적이었다.

여자아이는 어릴 때부터 색감에 민감하다.

그만큼 관심이 많기 때문이다.

어떤 새들은 수컷이 암컷에게 구애할 때 화려한 색감의 조약돌이나 나뭇잎 등을 선물로 바친다고 한다.

알록달록한 색을 좋아하는 건 여자의 본능인 모양이다.

직장인 복장으로 보는 남녀 차이

'퍼스널 컬러리스트'라는 직업이 있다. 색감을 활용해 다양한 코디를 조언하는 일인데 이 직업에 종사하는 남녀 비율은 2:8 정도다. 역시 여자가 우세하다.

남자는 애당초 색감 자체에 아무 관심이 없다.

그런데 "화려한 스타일을 선호하는 남자도 있다"는 반론이 나올지도 모르겠다. 물론 강렬한 원색으로 대담하게 코디하는 남자도 있지만 여자에 비해 압도적으로 그 수가 적은 게 사실이다.

직장에서 일하는 남자들은 검정색이나 회색 등 무채색 양복을 주로 입는다. 튀는 색상의 양복을 입은 사람은 좀처럼 찾기 어렵다.

심심하고 밋밋해 보여도 색에 무관심한 남자들은 아무 불만이 없다.

TIP

수수한 남자에게

"빨간색이 어울릴 것 같아."
용기가 부족해 과감한 선택을 주저한다면
적극적으로 권해보자.

화려한 여자에게

"심플한 스타일도 잘 어울려."
패션이 다소 과하다면
넌지시 이렇게 조언해보자.

스포츠를 좋아하는 남자
VS
스포츠를 좋아하는 여자

남녀가 함께 즐길 만한 스포츠는?

대부분의 남자는 야구를 좋아한다. 프로야구 시즌이 되면 연일 경기 내용을 두고 불꽃 튀는 설전을 벌인다. 이에 비해 프로야구를 좋아하는 여자 팬은 상대적으로 적은 편이다.

실제로 스포츠를 관람하는 비율을 보면 남녀 간 큰 차이는 없다. 남자가 즐기는 스포츠는 여자도 똑같이 즐길 수 있다.

그렇다면 남녀 모두 가장 열광하는 운동경기는 무엇일까?

바로 농구다.

농구는 눈 깜짝 할 사이에 점수가 쑥쑥 올라가고 공격과 수비가 순식간에 바뀌므로 지루할 틈이 없다.

미국 퍼듀 대학교의 워렌 브루멘펠드 교수는 964명 남자와 1,036명 여자에게 11개 종목에 대한 선호도를 조사했다.

그 결과, 남녀 모두 즐겁게 관람하는 종목은 농구였다. 36%가 농구를 꼽았으며 2위는 미식축구로 31%, 3위는 야구로 10%였다. 꼴찌는 수영과 레슬링으로 남녀 모두 5%였다.

브루멘펠드 교수의 조사를 참고하면, 연인과 데이트 코스로 '농구 경기 관람하기'는 꽤 괜찮은 선택인 셈이다.

농구의 장점은 규칙이 단순하고 점수가 빨리빨리 올라가 열광할 타이밍도 많다는 것이다.

농구에서 0대0은 없다. 아무리 점수가 낮아도 수십 점은 들어간다. 이것이 0대0 경기가 흔한 축구보다 고득점 경기인 농구가 더욱 흥미진진한 이유다.

운동을 보러가기 싫은 진짜 이유

데이트를 신청할 때 여자의 취향을 미리 조사하는 세심함을 갖춘다면 성공 확률도 올라갈 것이다. 그녀가 야구팬이면 야구를, 축구팬이면 축구를 함께 관람하면 된다.

대부분의 남자는 야구를 좋아한다.
프로야구 시즌이 되면 연일 경기 내용을 두고 불꽃 튀는 설전을 벌인다.
이에 비해 프로야구를 좋아하는 여자 팬은 상대적으로 적은 편이다.

좋아하는 종목이라면 상대도 흔쾌히 데이트를 승낙하기 쉽다. 어떤 종목을 좋아하는지 사전 정보가 없다면 농구가 가장 무난하다.

단 한 가지 유의할 점이 있다. 당신이 어떤 종목이든 함께 보러 가자고 해도 여자가 묵묵부답이거나 에둘러 거절한다면 어떻게 해야 할까?

안타깝지만 이런 경우 상대는 당신이 권하는 운동을 좋아하지 않아서가 아니라 당신 자체에 관심이 없을 가능성이 농후하다. 세 번 정도 청해도 반응이 신통치 않다면 깨끗이 포기하는 게 상책이다.

TIP

스포츠를 좋아하는 남자에게

"나도 한번 구경시켜 줘."
흥미 없어도 실제로 보면
마음이 변할지도 모르므로
함께 가자고 졸라보자.

스포츠를 좋아하는 여자에게

"속는 셈 치고 같이 가보자."
실제로 운동경기를 접해볼 기회를
자주 만들어보자.

소리에 둔감한 남자 VS 소리에 민감한 여자

시끄러운 소음에도 태연한 남자

길가에 공사가 있거나 하면 '다다다다'하는 소음이 몇 시간이고 울려 퍼진다.

귀가 찢어지는 듯한 소리를 장시간 듣다 보면 신경이 예민해지고 짜증이 물밀 듯 밀려온다. 그런데 소음에는 남녀 차이가 있다. 남자는 시끄러운 소음에 대해 여자보다 내성이 강하다. 아무리 불쾌한 소리라도 웬만하면 넘어간다.

반면 여자는 소음에 무척 예민하다.

지속적인 소음에 노출될수록 여자는 신경이 곤두서고 날카로워진다.

뉴욕 주립 대학교의 노먼 코라 교수는 남녀 20쌍에게 '윙!' 하는 크고 시끄러운 소리를 이어폰으로 들려준 다음 불쾌지수를 측정했다.

그랬더니 남자들도 불쾌함을 호소했으나 여자들에 비하면 강도가 훨씬 약했다.

회사 안팎에 공사 등으로 소음이 발생한다고 눈에 띄게 업무 생산성이 떨어지는 남자 사원은 거의 없다. 본래 소음에 둔감하기 때문이다. 대개는 무덤덤하게 업무에 몰두한다.

그러나 여자 사원은 업무에 상당한 영향을 받는다. 시끄러운 공사 소음이 지속되면 극도로 신경이 예민해지고 능률이 떨어진다. 그만큼 여자는 소음에 민감하다.

데이트 장소는 가급적 조용한 곳으로

영화관에서 귀가 따가울 만큼 사운드가 크면 남자들은 현장감 있다며 좋아한다. 반면 여자들은 귀를 막으며 눈살을 찌푸리기 십상이다.

술집에서 왁자지껄 떠들어대는 취객이 있어도 남자는 대수롭지 않게 여긴다. 시끌벅적해서 흥이 난다고 좋아하는 사람조차 있다.

시끄러운 공사 소음이 지속되면 극도로 신경이 예민해지고
능률이 떨어진다. 그만큼 여자는 소음에 민감하다.

그러나 여자는 신경이 예민해져 당장 나가고 싶다고 생각할지 모른다.

떠들썩한 곳을 좋아하는 남자라도 여자와 데이트할 때는 가급적 오붓하고 조용한 장소를 고르자. 그래야 여자가 편안해지고 데이트 성공 확률도 높아진다.

TIP

소리에 둔감한 남자에게

"좀 더 조용한 곳으로 갈까?"
소음에 예민하다는 사실을
남자에게 솔직히 알리자.

소리에 민감한 여자에게

"자리 좀 바꿔달라고 할까?"
솔선해서 여자를 배려하는 모습을 보이자.

지저분한 남자
VS
청결에 민감한 여자

청결에 민감한 여자

여자는 위생관념이 철저하다. 지하철이나 에스컬레이터를 탈 때 가급적 손잡이를 잡지 않으려 하고, 레스토랑에서 물 한 잔을 마실 때도 컵에 뭐가 묻은 건 아닌지 꼼꼼히 살핀다. 비 오는 날 구두에 흙탕물이 튀면 휴지로 말끔하게 닦아내는 건 대개 여자다.

남자는 어떤가? 혼자 사는 남자친구 집을 가보고 경악하는 여자들이 많다. 쓰레기통을 방불케 하는 방에 살면서도 남자들은 태연하다. 물론 방을 잘 치우지 않는 여자도 있겠지만 그 수는 남자에 비할 바가 못 된다.

미국 일리노이 주에 있는 브래들리 대학교의 데이비드 슈미트 교수는 세계 55개국, 총 1만 7,000명이 넘는 남녀들의 성격을 조사하는 거대한 프로젝트를 실시했다.

그 결과, 여자가 청결에 대단히 예민하다는 결과가 나왔다.

기본적으로 여자는 남자보다 피부가 연약하다. 비위생적인 환경에서는 그만큼 질병에 걸리기 쉽다. 다시 말해 주변이 깨끗하지 않으면 여자는 생명과 안전에 위협을 받는다.

남자는 주변이 다소 더러워도 질병의 위험에 노출될 확률이 상대적으로 적다. 따라서 여자만큼 청결에 민감하지 않다.

사회적인 인식도 무시할 수 없다. 여자는 남자보다 외모로 평가받는 경향이 강하다. 우리 사회는 전통적으로 몸가짐이 단정하고 주변을 청결히 하는 모습을 여자의 미덕으로 간주해왔다. 조금이라도 지저분하고 덜렁대면 "여자가 칠칠치 못하게!", "여자가 조신하게 굴어야지!"라며 면박을 주기 일쑤다. 남자보다 주위 시선을 의식하는 여자가 끊임없이 스스로를 깔끔하게 관리하는 이유도 이와 무관치 않으리라.

남자는 주변이 다소 더러워도
질병의 위험에 노출될 확률이 상대적으로 적다.
따라서 여자만큼 청결에 민감하지 않다.

여자가 깔끔을 떠는 이유

여자가 질색하는 것 중의 하나가 술자리의 잔돌리기다. 같은 잔에 술을 마셔야 관계가 끈끈해진다고도 하는 남자도 있지만, 여자가 보기엔 그것처럼 비위 상하는 일도 없다.

사춘기가 된 딸은 자기 옷을 아빠 속옷과 같이 빠는 것도 싫어한다. 속옷이 함께 세탁기에 들어 있으면 병균이라도 옮을 듯 진저리를 친다. 아들은 그러거나 말거나 관심도 없다.

여자가 남자보다 신경이 예민해서가 아니다. 앞서 말했듯 질병이나 전염병을 예방하고 이성에게 어필하기 위해서 등 역사 및 사회적으로 부득이하게 청결에 신경 써야 할 이유가 존재한다.

남자가 보기엔 유난스럽다 할지 몰라도 여자는 나름대로 깔끔을 떨 수밖에 없는 고충이 있는 것이다.

지저분한 남자에게

"내가 정리해볼게."
가끔은 야무진 정리 솜씨를 보여주자.

청결에 민감한 여자에게

"내 손수건으로 닦을게."
평소에 손수건을 챙기면 급할 때
점수를 딸 수 있음을 명심하자.

하나만 잘하는 남자 VS 몇 가지를 잘하는 여자

여자의 무릎을 보면 성격이 보인다

활동적인 사람일수록 수시로 몸에 상처를 달고 다니게 마련이다.

늘 조심성 없이 이곳저곳을 돌아다니며 좌충우돌하는 사고뭉치 아이들은 상처가 가실 날이 없다.

그런데 이런 아이들은 대부분 남자다.

본래 남자와 여자는 활동성 자체가 다르다.

갓 태어난 아기 중에 왕성하게 손발을 꼼지락거리고 몸을 움직이는 건 거의 남자 아기다. 반면 얌전한 자세로 가만히 자는 아이는 대부분 여자 아기다.

캘리포니아 주 공중위생과에 근무하는 딘 만하이머는 캘리포니아 주에 위치한 초등학교부터 고등학교까지 보건실 기록을 조사해 남자와 여자 중 누가 상처를 자주 입는지 살펴봤다.

그 결과, 상처를 입고 보건실을 찾는 아이는 남학생이 압도적으로 많았다.

아울러 만하이머는 학부모에게 연락해 자녀가 밖에서 자주 노는지, 집안에서 격렬한 놀이를 자주 하는지 질문했다. 역시 그 비율도 남자아이가 압도적으로 많았다.

비록 남자보다 소수지만 여자라도 활동적인 아이는 남자아이 못지않게 잘 다치고 보건실을 수시로 찾는다고 만하이머는 지적한다.

그런데 신기하게도 여자들은 어릴 때 아무리 천방지축 말썽꾸러기였어도 어른이 되면 어느 정도 어른스럽고 차분해져서 옛 모습이 사라지곤 한다.

참고로 어린 시절에 그녀가 활발한 말괄량이였는지 추측할 수 있는 방법이 있다.

힌트는 무릎에 있다. 어린 시절 종횡무진 동네를 휘저으며 활발하게 자란 여자아이는 걸핏하면 넘어지고 다쳐서 무릎에 흉터가 있는 경우가 많다.

여자들은 어릴 때 아무리 천방지축 말썽꾸러기였어도

어른이 되면 어느 정도 어른스럽고 차분해져서

옛모습이 사라지곤 한다.

활동성이 높은 사람은 일반적으로 주변을 살필 여유가 없이 덜렁대다가 이런저런 사고를 당할 위험이 높다. 이런 사람은 한눈팔다 자칫 큰 사고로 이어질 수 있으므로 평소에 늘 조심해야 한다.

운동과 공부를 병행하는 여자

앞서 남자가 여자보다 활동적인 기질이 강하다고 말한 바 있다.

이는 어디까지나 일반론이며 개별적으로 보면 활동성이 높은 여학생도 많다.

활동적인 여자아이가 학업 성취도도 뛰어나다는 흥미로운 자료를 소개해보겠다.

미국 펠스 리서치 연구소의 에셔 배틀은 출생 이후 줄곧 심리학 프로젝트에 참여해온 남학생과 여학생을 대상으로 활동성과 학업성적의 상관관계를 조사했다.

그러자 남학생은 활동성과 학업성적이 반비례하는 경향을 보였다.

그도 그럴 것이, 에너지가 넘치고 활동적인 남학생을 보면 대개 수업 중에 좀이 쑤셔 가만히 앉아있지를 못한다. 수업 내용에 집중하지를 못하니 성적이 좋을 리 없다.

그런데 여학생은 활동성이 높을수록 학업성적도 높았다.

차분하게 의자에 앉아 공부하는 여학생보다 땀을 뻘뻘 흘리며 운동하길 좋아하는 여학생이 공부도 더 잘했다.

흔히 활동적이라 하면 집중력이 떨어지고 산만하다는 등 부정적 인식이 있지만 여자의 경우에는 오히려 의욕이 넘치고 적극적이라는 긍정적 의미가 강했다.

멀티태스킹이 서툰 남자

남학생은 왜 활동성과 학습의욕이 비례하지 않을까?

활동적인 여학생은 운동이든 공부든 어디에서나 열의를 가지고 임한다. 그에 반해 남학생의 활동성 스위치는 운동할 때만 켜진다. 남자는 기본적으로 두 가지를 동시에 하지 못하는 종족이다. 운동에 열정이 생기면 운동에만 쏟아 붓지 그 열정을 공부로 이어가진 않는다.

여자아이가 지나치게 활달하면 부모는 "좀 더 여성스럽게 얌전히 있어야지"라고 주의를 준다. 그러나 그럴수록 아이의 학습의욕도 꺾일 수 있음을 알아야 한다.

따끔한 잔소리가 필요한 건 오히려 남자아이다. 활동성이 지나칠수록 주의가 산만해져 학습의욕도 떨어질 수 있으니 부모가 어릴 적부터 아이의 자제력을 키워줄 필요가 있다.

TIP

하나만 잘하는 남자에게

"항상 조심해."
남자는 지나치다 싶을 만큼 주의를 줘도
부족하지 않음을 명심하자.

몇 가지를 잘하는 여자에게

"마음껏 해봐."
여자는 한쪽에 치우치지 않는
균형 감각이 있으므로 아낌없이 격려해주자.

자기 몸에 관대한 남자 VS 자기 몸에 엄격한 여자

몸매는 여자의 최대 관심사

앞서 남자들은 자기 외모나 능력을 과대평가하는 경향이 있다고 말했다.

그렇다면 자기 몸매는 어떨까?

역시나 후한 점수를 준다. 어쩌면 여자가 자기 몸매에 지나치게 박한 점수를 준다는 게 맞을지도 모른다. 상당수 남자는 자기 몸에 그다지 불만이 없는데 반해 여자는 "눈이 조금만 더 컸으면", "다리가 좀 더 가늘었으면" 등 현재의 모습에 불만이 가득하다.

미국 애팔래치안 주립 대학교의 데나이스 마츠 교수는 4,000명이 넘는 성인 남녀를 대상으로 얼마나 자기 몸매에 만족하는지 인터넷 설문조사를 실시했다.

그러자 여자의 71.9%가 "자기 몸에 불만족스럽다"고 답한 반면 남자는 28.1%만 불만이라고 답했다. 여자의 약 70%, 남자의 약 30%가 자기 몸에 엄격했다.

비슷한 결과를 보여주는 연구가 있다.

콜로라도 주립 대학교의 웬디 포드 교수는 남녀가 스스로 자신 없어하는 부분을 조사했다. 그 결과, 여자는 몸매에 대한 불만이 압도적이었는데 '허벅지'가 48.4%, '뱃살'이 47.5%, '엉덩이'가 23.9%였다.

남자는 여자보다 자기 몸에 만족했다. 남자가 스스로에게 불만인 점은 38.6%가 "이성교제가 서툴다" 정도였으며 거꾸로 여자는 19.7%가 이 점에 상대적으로 불만이 낮았다.

여자들 사이에 대화를 듣고 있으면 "나 요즘 팔뚝 살이 심각해", "나야말로 뱃살이 장난 아니야" 등 경쟁하듯 자기 신체 부위를 깎아내리기 바쁘다.

신기한 점은 이런 얘기를 나누는 여자들 중에 뚱뚱한 사람은 한 명도 없다는 사실이다.

인간은 현상에 만족하지 못하면 더 나아지기 위해 노력한다.

지금에 만족하면 변화하고 개선할 이유가 없다.

불만은 동기부여로 이어진다

여자는 왜 자기 몸에 야박한 평가를 내리는 걸까?

인간은 현상에 만족하지 못하면 더 나아지기 위해 노력한다. 지금에 만족하면 변화하고 개선할 이유가 없다.

여자의 불만도 같은 맥락이 아닐까.

지금의 자신에 만족하지 못하므로 더욱 아름다워지려고 노력할 의욕이 생긴다. 자기 몸에 가진 불만이 매력적인 사람으로 거듭나기 위한 동기부여로 이어지는 셈이다.

이런 면에서 보면 여자가 자기 몸에 엄격하다고 자기비하로 폄하할 일이 아니다. 오히려 자기관리 의욕을 불러일으키는 원동력이라고 봐야 한다.

TIP

자기 몸에 관대한 남자에게

"운동 좀 해야 되겠는데?"
자기 몸에 지나치게 너그러운 남자에게
경각심을 일깨워주자.

자기 몸에 엄격한 여자에게

"우리 같이 운동할까?"
다이어트가 일상인 여자에게
몸매 지적은 금물임을 명심하자.

끝까지 밀어붙이는 남자 VS 직전에 망설이는 여자

마지막 순간에 마음을 바꾸는 여자

시험을 볼 때 두 가지 선택지를 놓고 주저하는 경우가 많다. 처음에 답을 골라놓고도 나중에 다시 보면 다른 답이 맞는 것 같다. 여러분은 이럴 때 어느 쪽을 선택하는가?

여러 답안 중에서 선택을 망설일 때 처음 고른 답을 끝까지 고수하는 쪽은 대개 남자다.

여자는 도중에 답을 바꿀 확률이 높다.

아이오와 주립대학교의 존 베스 교수는 교육심리학 과목을 수강하는 학생들을 대상으로 사지선다형 100문제로 이루어진 시험을 냈다. 그리고 답안지에 남겨진 지우개 흔적을 분석해서 학생들이 도중에 선택지를 얼마나 바꾸었는지 조사했다.

그 결과, 여자는 선택지를 바꾼 횟수가 많았다.

남자는 처음 고른 선택지를 웬만해서는 바꾸지 않았다.

이를테면 여자는 우선 1번을 고른 뒤 2번으로 바꾸고 마지막으로 4번을 고르는 식이었다. 그래서 여자가 낸 답안지에는 적었다가 지운 지우개 흔적을 많았다.

일반적으로 여자는 판단을 망설일 때 기존의 선택을 자주 바꾼다.

남자는 확신이 없어 망설일지라도 결국은 처음 고른 선택을 고수한다. 남자의 특성인 '단순함'이 선택의 순간에도 드러나는 셈이다.

여자는 우유부단하다?

여자가 우유부단한 걸까? 아니면 남자가 막무가내인 걸까? 둘 다 맞거나 틀리다. 관점에 따라 다르니까. 여자가 소심할 수도 있고 남자가 대범할 수도 있다.

단지 현상만 놓고 본다면 남자는 선택할 때 걸리는 시간이 짧고 여자는 길다는 것만은 사실이다.

레스토랑에서 남자는 메뉴판을 보고 금방 결정하는데 여자는 고

남자는 확신이 없어 망설일지라도 결국은 처음 고른 선택을 고수한다.
남자의 특성인 '단순함'이 선택의 순간에도 드러나는 셈이다.

심에 고심을 거듭하며 심사숙고한다.

"해산물파스타로 할까, 그러고 보니 올리브파스타도 맛있어 보여. 아니야, 역시 오늘은 런치 세트가 좋을 거 같아."

시간이 지날수록 처음 고른 선택지는 어느새 저 멀리 사라져버리기 일쑤다.

남자와 여자 어느 쪽이 더 나은 결과를 가져오는지는 상황에 따라 천차만별이다. 그러니 누가 옳고 그르다는 식으로 접근할 문제는 아니다.

일반론으로 말하자면 남자는 아집이 강하고 고지식한 반면 여자는 융통성이 있고 생각이 유연하다.

그런데 특정 부류의 여자는 남자 못지않게 고집이 세다. 이들은 자신만의 원칙이 분명해서 그 틀에서 조금이라도 벗어나지 않으려 애쓴다.

워낙 자기주장이 강해서 사람들에게 '기가 세다'라는 낙인이 찍히기도 하는데 이런 타입은 형제 관계에 한 가지 공통점이 있다.

미국 오하이오 웨슬리언 대학교의 알렉스 헤이가트너 교수는 형제자매 중 출생순위와 성격 간의 상관관계를 조사했다. 그 결과, 여자는 첫째일수록 둘째나 셋째 혹은 막내보다 보수적이고 주장을 굽히지 않는다는 사실이 밝혀졌다.

대화를 나누던 여자가 "전 여동생이 하나 있어요"라고 말하면 그녀는 자기주장이 강할 가능성이 높다는 얘기다.

장녀가 완고한 이유

남자는 출생순위와 성격 간에 상관관계가 적다.

당연하다. 남자는 첫째든 둘째든 막내든 상관없이 모두가 대부분 고집불통이다.

그런데 여자는 왜 첫째만 유독 완고할까?

원인은 부모의 가정교육에 있다.

대다수의 부모는 딸이든 아들이든 첫 아이에게 큰 기대를 품게 마련이다. 예의범절도 빈틈없이 가르치고 공부도 철저히 챙긴다.

그런 부모 밑에서 자란 장녀는 주변의 기대에 부응해야 한다는 강박관념이 어릴 적부터 마음속 깊이 자리 잡는다. 그 결과 스스로에게 엄격하고 완고한 성격이 되기 쉽다.

그런데 차녀나 막내의 경우 부모가 육아에 익숙해진 탓인지 비교적 마음에 여유도 생기고 교육에 대한 열정도 첫째에 비해 시들해진다. 첫째 때는 육아에 올인하던 부모도 둘째부터는 "알아서 잘 크겠지" 하며 방임하는 경우가 늘어난다.

이것이 차녀나 막내일수록 자유롭고 느긋한 성격이 많은 이유다.

TIP

끝까지 밀어붙이는 남자에게

"초심으로 돌아가자."
처음 남자가 가졌던 마음을
다시금 상기시키자.

직전에 망설이는 여자에게

"충분히 생각해봐."
여자 스스로 납득할 때까지
기다려주자.

안 해서 후회하는 남자 VS 해서 후회하는 여자

하지 않은 후회는 두고두고 미련이 남는다

심리학에서 '후회'라는 감정은 두 가지로 나뉜다.

무언가를 해서 생기는 후회와 무언가를 하지 않아서 생기는 후회다.

둘 중에 후회가 강렬한 쪽은 무엇일까? 단연 후자다.

당신이 해외여행을 갔는데 눈길을 끄는 민속품을 발견했다 치자. 이럴 때 심리학자는 그냥 사버리라고 조언한다.

민속품을 사서 돌아오면 "내가 왜 이런 이상한 물건을 샀지" 하고 후회할지 모른다. 하지만 어떤 행동을 해서 생기는 후회는 얕고 짧다.

반면 망설이다 결국 사지 않고 돌아오면 "그걸 샀어야 했는데" 하고 두고두고 미련이 남는다. 어떤 행동을 하지 않아서 생기는 후회는 반대의 경우보다 강렬하고 오래 간다.

연애도 예외가 아니다.

좋아하는 사람이 생기면 매몰차게 거절당하는 한이 있더라도 고백하는 편이 낫다. 차이면 창피하고 자존심이 상해서 후회할지 모르지만 장기적으로 보면 그러는 편이 마음도 후련해지고 깔끔하다.

끝내 고백하지 못하고 생긴 후회는 오래도록 그 사람의 발목을 붙잡는다. "그때 고백했으면 어땠을까?" 하며 마음속으로 끙끙 앓아도 이미 기차는 떠난 뒤지만 후회는 평생 마음에 남는다.

남자의 고백은 빠를수록 좋다

일리노이 대학교 어바나 샴페인 캠퍼스의 심리학자 닐 로즈는 남자가 여자보다 연애할 때 후회를 많이 한다고 말한다. 그리고 후회의 대부분이 상대에게 고백하지 않았던 일이라고 지적했다.

남자는 고백하려다 포기하면 줄곧 마음에 담아둔다. 의외로 주변에는 용기가 부족해 좋아하는 상대에게 고백하지 못하는 남자가 수두룩하다. 그래선지 연애 문제에서 남자가 여자보다 후회를 많이 한다.

후회하고 싶지 않다면 빠른 시일 내에 고백하자.

좋아하는 사람이 생기면 매몰차게 거절당하는 한이 있더라도
고백하는 편이 낫다.

결과는 상대가 받아들이기 나름이지만 고백하지 않으면 아무 일도 일어나지 않으며 나중에 크게 후회하게 된다는 것만은 확실하다.

고백한다면 사귈 가능성이 조금이라도 생기지만 고백하지 않으면 가능성은 제로다.

차일까 봐 두려워서 고백을 망설이는 남자들이여, 평생 후회하고 싶지 않다면 지금 당장 고백하라. 어차피 밑져야 본전 아닌가.

TIP

안 해서 후회하는 남자에게

"한번 해보지 그래?"
망설이는 남자를 적극적으로 이끌어주자.

해서 후회하는 여자에게

"잘 안 돼도 괜찮아. 경험 쌓는다 생각해."
도전 자체를 긍정적으로 응원해주자.

실패 앞에 의기소침해지는 남자
VS
실패 앞에 심기일전하는 여자

알고 보면 나약한 남자

인생을 살다가 실수를 저질렀을 때, 어떤 이는 세상 끝장이라도 난 듯 낙담하고 어떤 이는 더욱 각오를 다지며 기회를 모색한다.

나는 막연히 여자는 전자가 많고 남자는 후자가 많지 않을까 생각했는데 다음의 조사를 보고 이것이 착각임을 깨달았다. 실패하면 곧바로 의욕을 상실하는 쪽은 남자였다.

미국 퍼듀 대학교의 심리학자 데이드러 슈라이처는 7,000명이 넘는 남녀에게 날짜 간격을 두고 업무능력 테스트를 2회 실시했다.

슈라이처가 주목한 부분은 첫 번째 테스트에서 높은 점수를 얻지 못한 사람이 두 번째에서 다시 노력하는가, 아니면 포기해버리는가였다.

조사 결과, 첫 번째 테스트에서 낮은 점수를 받은 사람은 두 번째에서 노력하는 모습을 보였다. 이는 남녀모두 공통이었다.

그런데 점수로 드러나는 '노력의 정도'를 살펴보니 여자가 훨씬 높았다.

대부분 남자는 "어차피 첫 번째 시험도 못 봤는데" 하며 자조 섞인 태도로 시험에 임했다. 그에 반해 여자는 "첫 번째는 결과가 좋지 않았으니 이번엔 분발하자!" 하고 꼼꼼하게 준비해서 임하는 경우가 많았다.

물론 이는 어디까지나 일반론에 불과하다. 남자라도 실패한 뒤 절치부심해서 더욱 노력하는 경우도 있다. 그러나 상대적으로 한번 실패해도 새롭게 각오를 다지는 쪽은 여자 쪽 비율이 높았다.

남자는 한번 일이 꼬이면 금세 의욕을 상실한다.

축구를 예로 들자면 결승전 진출에 실패해 우승의 꿈이 물 건너간 팀이 3·4위전에서 눈에 띄게 저조한 경기력을 펼치는 식이다. 남자들은 단 한 번의 실패로 전투력을 상실하는 경향이 있다.

보기보다 멘탈이 강한 여자

여자는 실패를 맛본 뒤에도 좌절해서 주저앉기보다 "다음에 더 열심히 하자!"라고 결의를 다진다.

세간의 인식과 달리 여자가 남자보다 멘탈이 더 강하다.

남자 운동선수 중에 초반에 실점하면 그대로 경기를 포기해버린 듯 무기력한 모습을 보이는 경우가 많다.

반면 여자 운동선수는 초반에 다소 열세라도 악착같이 상대를 물고 늘어져 역전의 발판을 마련하곤 한다.

그런 점에서 여자가 멘탈이 약하다는 생각은 대단한 착각이 아닐 수 없다.

TIP

실패 앞에 의기소침해지는 남자에게

"이번 일은 훌훌 털어버리고 앞으로 일에 집중하자."
자조하고 후회할 시간에
새롭게 각오를 다지도록 유도하자.

실패 앞에 심기일전하는 여자에게

"무엇을 놓친 걸까?"
꺼림칙한 감정을
언어로 표현하도록 유도하자.

상식적인 남자
VS
창조적인 여자

독창적인 아이디어는 여성의 두뇌에서

최근 여성이 개발한 상품 및 서비스가 잇달아 히트를 치고 있다.

어떤 기업은 여성만으로 구성된 프로젝트팀을 꾸려 상품개발을 진행하기도 한다.

남자들은 사고방식이 보수적이다. 웬만해서는 상식의 틀을 벗어나려 하지 않는다.

참신하고 독특한 아이디어는 유연한 사고에서 비롯되는 법이다. 참신한 상품을 개발하려는 기업이 틀에 얽매이지 않는 자유로운 사

여자가 "그 디자인 정말 귀엽다!"라고 말하면
편견 없이 상대의 시각에서 바라보자.

고방식을 지닌 여자에게 기획을 맡기는 일은 당연한 귀결이다.

실제로 심리학 연구에서 여자가 남자보다 창조적이라는 사실이 밝혀진 바 있다.

캐나다 워털루 대학교의 케네스 보워스 교수는 남녀 대학생 60명에게 아홉 가지 창조력 테스트를 실시했다. 예컨대 지구 중력이 절반이 되면 어떤 결과가 벌어질지 자유롭게 상상하도록 해서 답변이 엉뚱하고 참신할수록 고득점을 주는 식이다.

그 결과, 여자가 낸 답이 훨씬 점수가 높았다.

남자는 누구라도 생각할 만큼 진부하고 구태의연한 답변이 대다수였다. 지나치게 상식에 얽매인 나머지 창조적인 아이디어를 떠올릴 토대가 부족했다.

남자도 사고의 유연함을 가지려면

일본의 대중잡지 〈주간여성〉에 따르면, 2015년 상반기 히트 상품은 '남알프스 천연수&요구리나(요구르트 맛이 나는 생수-역주)', 토스사라(분말 형태의 샐러드 드레싱-역주)', '레그리프레(종아리용 공기압마사지기-역주)' 등이 꼽혔으며 세 가지 상품의 개발자는 모두 여성이었다.

기존의 가치관에 얽매여 있는 남자는 자유롭고 유연한 발상이 어려운 게 사실이다.

남자에게 상식에서 벗어나는 일은 무모한 일탈이며 쓸데없고 무의미하다는 심리가 강하다. 이런 마음이 워낙 깊숙이 뿌리내린 탓에 이를 자각하지도 못하는 것이다.

독특한 기획을 하고 싶다면 아무리 유치하고 헛된 생각처럼 보여도 진지하게 남의 의견을 수용하는 열린 자세가 필요하다.

어렵고 논리적으로 분석할 필요 없다. 분석을 하려고 하면 비판적이고 부정적인 잣대를 들이대게 마련이다. 여자가 "그 디자인 정말 귀엽다!"라고 말하면 편견 없이 상대의 시각에서 바라보자.

남자들이 경직된 사고방식을 가진 이유는 기존의 상식에 치우쳐 낯설고 새로운 것을 부정적으로 바라보기 때문이다. 사물을 있는 그대로 받아들이는 습관을 들인다면 남자도 발상이 유연해져서 참신한 아이디어를 떠올릴 수 있으리라.

TIP

상식적인 남자에게

"실현 가능성이 얼마나 될까요?"
남자에게 객관적인 분석을 요청해보자.

창조적인 여자에게

"직감상 이런 건 어떨 거 같아요?"
때때로 여자의 촉은 놀랍도록
적중률이 높음을 명심하자.

자기중심적인 남자 VS 타인중심적인 여자

옷차림에 둔감한 남자

남자는 기본적으로 자기밖에 모르는 종족이다. 다른 사람이 뭐라 하든 자기만 좋으면 그만이다.

반면 여자는 남의 시선을 몹시 신경 쓴다. 다른 사람이 자신을 어떻게 생각하는지 무척 관심이 많다.

프린스턴 대학교의 라에 칼슨 교수는 18세부터 45세까지 남녀에게 다양한 형용사를 보여준 다음 자신에게 가장 맞는 형용사를 골라 달라고 요청했다.

그랬더니 남자는 '자신만만한', '야망 있는', '활기찬', '지적인' 등의 형용사를 즐겨 선택했다. 모두 자신에게만 초점을 맞춘 형용사를 골랐다.

여자는 어떨까?

여자는 '친절한', '배려심 있는', '공감 잘하는', '따뜻한' 등의 형용사를 골랐다. 여자는 주로 다른 사람과의 관계에서 비롯되는 형용사를 선택했다.

남자는 다른 사람이 어떻게 생각하든 말든 자기만의 세계에 살아간다.

그 때문일까? 남자들은 패션에 참으로 관심이 없다. 유행에 민감한 번화가에 가도 스타일 좋은 남자는 그다지 보기 드물다. 상당수 남자가 자기만 편하면 된다는 식이기 때문이다. 그래서 아무리 촌스러운 차림으로 거리를 활보해도 티끌만큼도 부끄러워하는 기색이 없는 것이다.

하지만 여자들은 대부분 멋쟁이다.

타인의 시선에 민감하고 센스도 있어 외모나 옷차림에 각별히 신경을 쓴다.

촌스러운 옷은 집이 아니면 입을 일이 없다.

옷차림에 민감한 여자

최근 들어서는 젊은 남자들도 외모를 가꾸고 옷에도 신경을 쓴다. 그래도 역시 여자가 꾸미는 수준에는 못 미친다.

대부분의 남자는 주변 시선에 워낙 둔해서 남들에게 혐오감을 주지 않을 정도면 된다고 생각한다.

남자가 타인에게 관심이 적은 건 기본적으로 머릿속에 자신에 대한 것으로 가득 차 있기 때문이다.

특히 교수나 연구자처럼 공부를 업으로 하는 남자는 본인이 연구하는 주제에 몰두한 나머지 패션 센스는 꽝인 경우가 허다하다. 여성 연구자라고 자기 분야에 관심이 낮은 건 아니지만 남자만큼 한숨 나오는 스타일을 보여주진 않는다.

아무리 공부에 열중하는 사람이라도 여자들은 최소한 깔끔한 차림새를 유지한다. 그만큼 여자는 남자보다 타인을 신경 쓰고 배려한다.

TIP

자기중심적인 남자에게

"양복이 잘 어울릴 것 같아요."
남자가 스타일에 변화를 주도록
유도해보자.

타인중심적인 여자에게

"오늘 아주 멋진데요. 무슨 좋은 일 있어요?"
여자가 평소보다 차려입는 날에는
패션을 칭찬해주자.

에필로그

얼마 전까지 뇌과학 관점에서 '남자의 뇌와 여자의 뇌'를 비교하는 주제가 큰 화제였다. 나는 뇌과학자가 아닌지라 구체적으로 남자와 여자의 뇌 구조와 기능이 어떻게 다른지 모른다. 그러나 심리학자로서 남자와 여자의 사고방식과 행동패턴이 어떻게 다른지는 말할 수 있다.

이 책에는 전 세계 대학의 교수와 심리학자들이 서로 다른 남녀 심리를 연구한 흥미로운 결과들이 담겨 있다.

주제가 주제인 만큼 남자와 여자가 어떻게 다른지를 중점적으로 다루지만 실제로 남녀 간에는 차이점보다 공통점이 훨씬 많다.

이 책을 집필하기 위해 남녀 차이를 조사한 연구들만 골랐을 뿐 "남녀 사이에 차이는 없다"는 결론을 밝힌 연구들도 숱하게 많다. 어떤 심리학자는 남녀 사이에 보이는 차이는 오차범위 수준의 미세한 차이에 지나지 않는다고 주장하기도 한다.

남자도 여자도 아름다운 그림을 보면 감동하고 슬픈 소설을 읽으면 눈물을 흘린다. 아이가 태어나면 기쁘고 남에게 무시당하면 화난다. 우리가 느끼는 대부분의 감정은 성별이 아닌 인간으로서 느끼는 것이다.

그러니 이 책을 읽고 "남자와 여자는 전혀 다른 종족이다"라고 단정짓는 우는 범하지 않길 바란다.

남자와 여자의 차이점과 함께 공통점도 다루고 싶었으나 지면관계상 이번 책에서는 차이점에 대해서만 소개하게 된 점 양해 부탁드린다.

남자와 여자는 놀랄 만큼 닮았다. 그러니 서로 경계하고 배척할 이유가 없다.

같은 인간인 이상 서로 이해하고자 노력하면 얼마든지 아름다운 앙상블을 이룰 수 있다.

이 책을 집필하면서 다이와쇼보 편집부의 다네오카 다케루 씨에게 큰 신세를 졌다. 이 자리를 빌어 감사하다는 말씀을 드린다. 남자와 여자의 차이를 알기 쉽게 해석해 달라는 그의 요청에 얼마나 부응했는지 모르겠지만 덕분에 '남녀 간의 차이'라는 주제를 다시금 심도 깊게 고찰하는 기회가 되었다. 정말 감사드린다.

마지막으로 이 책을 읽어주신 독자 여러분에게도 감사 인사를 올리고 싶다. 부디 어딘가에서 다시 만나기를 기대한다.

나이토 요시히토